小学生最想知道的100个问题 II

柏宏军／文　赵黎明 赵旭东／绘画

上海文艺出版社

图书在版编目（CIP）数据

小学生最想知道的100个问题·Ⅱ/柏宏军文．赵黎明，赵旭东绘画．
—上海：上海文艺出版社．2006.7
ISBN 7-5321-3018-5

Ⅰ.小… Ⅱ.①柏… ②赵… ③赵… Ⅲ.科学知识—少年读物 Ⅳ.Z228.1

中国版本图书馆CIP数据核字（2006）第052394号

责任编辑：吕　晨

封面设计：Metis 灵动视线
TEL.010-85983452

小学生最想知道的100个问题 · Ⅱ

柏宏军　文　　赵黎明 赵旭东　绘画
上海文艺出版社出版发行
地　　址：上海绍兴路74号
电子信箱：cslcm@publicl.sta.net.cn
网　　址：www.slcm.com
全国新华书店经销　　北京通州富达印刷厂印刷
开　本：787×1092 1/16　印　张：9.25　图、文142面
2006年7月第1版　2006年7月第1次印刷
ISBN 7-5321-3018-5 /Z ·14　定　价：23.00 元

目录 contents ·······························

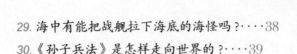

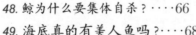

目录 contents ···

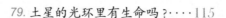

1. "克隆人"有烦恼吗?

关心科学发展和进步的小朋友,

恐怕都知道克隆人这个名词了。

克隆人就是从某一个人的身体上取出一些细胞,

然后用很复杂的科学方法,

把它们培养成婴儿。

可是,克隆人究竟是件好事,还是件坏事呢?

围绕这个问题,确实引发出许多争论,

反对的理由也各种各样,

但最主要的反对意见是基于技术上的考虑。

因为从克隆羊的情况来看,

克隆技术的成功率只有二百七十分之一,

如果这样应用于人类,

就很有可能使复制出来的婴儿,

带有严重的生理缺陷。

这是很多人反对克隆人的

一个重要理由。

但也有的科学家认为,

克隆人出现的伦理和生理问题应该正视,

但没有理由因此而反对科技的进步,

因为这种技术确实可以造福人类。

就这样,克隆人还没有出世,

关于它的讨论就已经把世界搞得

一团糟了。

看来,以后的麻烦还真不少呢!

2. 雪人真的就是野人吗?

很早以前，就开始有雪人的传说，

传说中的雪人出没于高加索山脉、喜马拉雅山和

帕米尔高原的冰天雪地里。

他们全身长满棕褐色的毛，长臂短腿，

爬山和奔跑都很敏捷，

而且据说雪人可以像骆驼那样睡觉。

大多数人认为雪人就是野人，

这种说法对吗?

为了得到一个正确的答案，

科学家、探险家至今为之耗尽心力，苦苦探寻。

女人类学家玛拉·谢克雷博士认为，

雪人是尼安德特人的后代，

这就是说，雪人是一种半人半猿的动物。

中国人类学家比较了雪人脚印和猿类脚印认为，

雪人是巨猿的后代。

他们推测，古代的巨猿并没有真正灭绝，

它们的后代潜伏生长在雪山冰峰之间，

成为神秘的雪人。

但它们并没有语言的功能，

只会发出模糊的叫声，

所以，它们似乎没有演变成真正的人类。

因为直到现在，还没有人能找到雪人的标本，

更没有捕获到活着的实体。

所以，关于雪人的传说，

暂时也只能是一个谜啦！

小贴士：

野人到底是什么？

世界许多地方都有关于野人的传说，但都没有捕获过真正的标本。在西藏墨脱，有关野人的传说，不是什么秘密。据那里的人说，野人特别高大，有两米多高，长有黑色长毛，能直立行走；有人说野人的力气很大，遇到数百斤重的野牛时也不害怕，甚至能把野牛摔倒。野人的行动似乎有一定的规律，每年七八月份天气酷热时，野人常从高山下来，到雅鲁藏布江边饮水。

3. 夜晚的天空也能看到彩虹吗？

我们看到彩虹大多是在雨过天晴后的白天，

可是，如果现在有人问你，

夜晚会不会有彩虹呢？

你能回答吗？

实际上，晚上真的会有彩虹，

只不过我们很难看到它。

在满月或是月亮很亮的晚上，都有可能出现彩虹，

那就是反射月亮的光线所形成的。

不过，想在夜晚看到彩虹却是需要很多条件的喔！

因为那既需要足够的水雾，又需要明亮的月光，

还要站在水雾的前方。

另外，为了能够接受充分的月光，

所处的地方还要足够开阔。

只有当上面的条件都存在

的情况下，

我们才可能看到彩虹。

怎么样，夜晚彩虹摆

的架子够大吧！

4. 世界上有吃人的蝴蝶吗？

一支科学考察队来到巴西北部的一个山区进行考察，

没想到，随队的登山运动员哈立德失踪了！

西姆队长立刻把队员分成几组去寻找，

最后，在一条小溪旁的草丛里，他们发现了哈立德的尸体。

考察队员们都很悲伤，同时又感到很奇怪：

他到底是怎么死的呢？

西姆队长去访问了山民，得到的答案是，这里有一种吃人的蝴蝶。

于是，西姆队长开始要求队员们必须穿上保护服。

第二天，当他们来到一片草丛时，

西姆和同事们只见一群蝴蝶正在追逐着山鼠和野兔。

被叮咬的野兔、山鼠，四肢抽搐一阵后，很快就死掉了。

蝴蝶群飞散后，西姆他们走去一看，惊讶极了，

死鼠和死兔的肌体上的红色斑点，

同哈立德遗体上的一样。

原来，村民们说的都是真的。

经过化验分析，这种蝴蝶的唾液里有一种剧毒物质，

能使人和动物失去知觉，直到死亡。

而且，它们已经养成了食肉习性，

能把一切尸体啮咬得只剩下一副骨架！

如果不是亲眼看到，谁能相信，

蝴蝶里面竟然也有这么可怕的

杀人恶魔呢！

救命！！！

5. 人为什么越害怕越叫不出声音？

你有没有害怕过？

害怕的时候有没有高声呼救？

你是不是认为，越害怕，呼救的声音就越大呢？

可是现在我要告诉你，

呼救声和害怕的程度可不一定是成正比的喔！

最新研究表明，呼救的表达方式是由多种因素决定的。

在某些情况下，尽管恐惧感很大，

可是人反而有可能发不出声音。

科学家认为，人类的大脑有两个控制呼救的部位，

一个是扁桃核结构，它负责恐惧和压力；

另外一个是右前额皮层，它在达到目标，

或者联络他人方面发挥重要作用。

在一项试验中，

人们把 25 只恒河猴与其共居的同伴分开达 30 分钟。

这些猴子在分开后发出了咕咕声，

相当于呼救和求助。

研究人员记录了猴子呼救的频率，

然后对每只猴子的大脑进行扫描。

结果显示，一些猴子在极其恐惧时，

反而会变得沉默呆滞，

尤其是在它们自认为还未被敌人发现时。

这时，大声叫喊反而会吸引敌人。

科学家们认为，

这种情况也同样表现在人类身上。

6. 睡觉时开电风扇会有危险吗?

当电风扇的风量很大, 而且风又朝头部吹时,

我们会觉得呼吸很困难,

这是因为空气的流动速度变快,

使我们无法呼吸到所需要的氧气的量,

因而发生呼吸困难的现象。

另外, 人在睡觉的时候, 体温都会自动下降一些,

若是在这个时候打开电风扇,

就会使人的体温降得更低, 呼吸和脉搏也会变得缓慢,

然后, 人的血压也会跟着降低。

也就是说, 当我们在密闭空间里,

朝头部开电风扇睡觉时,

有可能会因氧气不足和呼吸困难,

导致体温偏低而不舒服。

不过, 也不用太担心喔!

因为只要我们在吹电风扇

睡觉的时候,

把房间的门窗打开,

让室内外的空气流通,

再把电风扇的风速调低一点,

并且不让它对着我们的头吹,

就不会有问题啦!

7. 白宫为什么会"闹鬼"？

这个世界上有鬼吗？

可能很多人都会回答说不！

可是，我们怎么解释那些奇怪的现象呢？

美国白宫近来频频有"鬼"出没。

看到夜幕下的白宫，

一会儿，

某个卧室的门突然自动打开，

某个地方突然发出神秘的声音；

一会儿，

房间里燃得好好的蜡烛又莫名其妙地熄灭……

英国著名心理学家理查德·怀斯曼，

在一个音乐会现场做过这样的试验，

在演奏的曲目中加入了低频音波。

演奏完后，听众都说，

乐曲演奏时他们产生了

一系列奇异的感受，

例如不安、悲伤、厌恶、害怕等，

有的人甚至感到脊背上有凉意，

这和人们感到在"闹鬼"的时候非常相似。

怀斯曼教授认为，

这表明次声波可以加强你已经体验到的感觉。

比如说，

你本来只是感到有一点点紧张，

但听到次声波后，你会觉得更加紧张。

白宫有那么多大人物住过，

在那里的人平时难免有些紧张，

如果这时候又有次声波来作怪，

感觉到各种"超自然体验"也是很正常的！
美国白宫出现的种种"闹鬼"现象，
究竟是不是因为次声波的缘故，
目前美国国内还没有做过相关研究，
但是从英国科学家所做的科学研究来看，
还是很有可能的喔！

8. 安徒生是否就是生活中的"丑小鸭"呢？

对喜欢寻根问底的历史学家们来说，

"童话大师"安徒生的出身一直是个谜。

安徒生传记告诉我们：

他出生在丹麦富恩岛上的欧登塞城，

他的父亲是个鞋匠，母亲是一位洗衣妇。

11 岁时父亲病故，母亲改嫁。

安徒生从此到处漂泊，做过各种行业的学徒。

后来，他开始写作，并整整写了近 40 年，共发表了 160 多篇作品。

可是，这些记载是否正确真实呢？

有人就提出了怀疑。

一位名叫延斯·约根森的历史学家认为，

安徒生不是生于欧登塞，

他母亲应该是当时一个王储的情妇。安徒生出生后，

王室把他隐藏在欧登塞的一位鞋匠家中，

也就是安徒生养父的家中。

在《安徒生故事集》里还有这样一个故事，

正是安徒生自身经历的写照：

一名鞋匠与一个洗衣工相恋，生下一个貌丑

的儿子，

却不能自己抚养，丑儿孤苦伶仃，

幸获天使的照顾，长大后发了财，成为名流。

结局时丑儿的身世大白，

原来他是国王的私生子。

安徒生自称是鞋匠的儿子，

这个故事中有他太多的影子，

所以，说不定，他真的是一个落难

间的王子呢！

9. 为什么黑种人在非洲，黄种人在亚洲？

我们都知道，

世界上有好多不同肤色的人，

可是，为什么不同肤色的人

不是混杂的生活在一起，

而是要在不同的地方呢？

原来，

皮肤的颜色是由于适应性变化所

造成的。

人类的祖先最早都生活在热带，

身体上没有浓密的毛发保护，

必须依靠色素来遮挡太阳光中

有害的紫外线的照射。

所以，我们的祖先最初也是黑人喔！

但到后来，他们开始往北扩展，

到了阳光较少的温带气候中定居下来，

于是，开始向浅色的皮肤、头发过渡。

因为黑种人一直生活在热带地区，

所以皮肤中黑色素最多。

而白种人生活的地方光照较少而云雾又多，

所以黑色素最少，皮肤发白而头发变黄。

黄种人祖居亚洲，光照度比北欧强而较非洲弱，

所以皮肤中的黑色素也就在黑白二者之间。

这就是各种不同肤色的种族在世界各地分布的原因啦！

10. 爱因斯坦大脑与我们的大脑不一样吗？

小朋友一定知道爱因斯坦吧,

他可是人类历史上最伟大的科学家喔!

他的智商高达 200, 而我们一般人的智商才 90~120。

他提出了代表现代科学最高水准的"相对论",

为人类进步做出了杰出贡献。

爱因斯坦在 1955 年去世前曾多次表示,

要把大脑贡献出来供后人进行医学研究。

后来科学家按照他的遗愿,

把他的大脑切成 240 小块进行了仔细分析,

可是却一直没有发现什么特别

的地方,

所以, 他为什么具有超乎

常人的智能一直是个谜。

直到最近, 这些研究才

取得了一些进展。

加拿大科学家经过多年研究,

发现爱因斯坦的大脑构成与常人是有些不一样,

其大脑构成有两个明显的"特殊的地方";

一是他的"回间沟"比常人短许多,

这有利于爱因斯坦的神经元更容易传递信息,

思维比常人活跃;

二是爱因斯坦的"顶叶"比常人宽 15%,

这个区域正好是大脑

用于数学运算、视像空间和立体影像思考的地方。

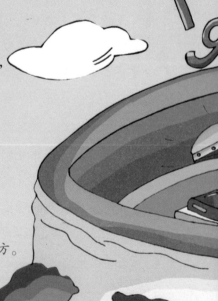

这可能是爱因斯坦

在数学和空间领域取得超人成就的主要原因吧。

这个发现与爱因斯坦生前的一些说法是相吻合的，

因为爱因斯坦曾说过，他在思考时并不会联想到文字，

脑海里都是一些清晰的空间视像。

看来，天才也确实有一些天生的好条件喔！

11. 你知道"埃及艳后"克娄巴特拉的宫殿吗？

很多小朋友可能还没有听说过"埃及艳后"这个名字，

现在让我来告诉你一些关于她的故事吧。

她就是克娄巴特拉，

人类历史上最有魅力的女王！

在克娄巴特拉死后，许多人都在寻找她那所豪华的宫殿，

可是一直都没有人能找到。

直到 1996 年，

才被海洋考古学家弗兰克 · 戈迪奥在亚历山大东港发现。

那就是沉没的安蒂亚霍多斯岛，

这是当年"奢侈豪华、与众不同、色彩绚丽"的女王的宫殿。

在那里，戈迪奥不仅发现了

克娄巴特拉和凯撒所生的儿子凯撒里翁的玄武岩上身雕像，

而且还发现了安东尼自杀的地点：

安东尼是克娄巴特拉的最后一位情人和丈夫，

当他的死敌渥大维占领了亚历山大后，

他可能逃到一个狭长的半岛上。

据说公元前 30 年，安东尼就在这个岛上拔剑自刎。

随后，悲伤的克娄巴特拉女王，

就用眼镜蛇结束了自己的生命。

最有魅力的女王多么令人可怕喔！

12. 世界上真的有巨人吗?

现在，随着科学的进一步发展，

有关巨人的神话传说越来越少，

可是，仍然有一些发现巨人遗迹的消息。

在美国内华达州垂发镇西南 35 公里的地方，

有一个叫作垂发的山洞。

据在这里生活的源龙特族印第安人传说，

很久以前，他们曾受到一些红发巨人的威胁。

这些巨人非常高大，十分凶悍。

后来一些矿工来到垂发洞挖掘鸟粪时，

竟然真的发现了一具巨大的木乃伊，身高达 2.2 米，头发红色。

这个发现引起了学者们的兴趣，

于是，他们就到山洞去调查，

结果发现了更多的大型人类骸骨。

根据推断，那些人身高可达 2~3 米。

在马来西亚的沙劳越一带，也流传着巨人的传说，

曾经有人在那里的密林中发现了巨大的木棒，

这些木棒长达 2.5~9 米，

这么大的木棒可是一般人很难使用的喔！

所以，人们自然又想到了巨人。

可是，在人类漫长的发展史上，

是不是真的有巨人存在过呢？

如果说没有，

那么在垂发洞发现的巨大骨骸是怎么回事？

如果有，他们后来又到哪里去了呢？

13. 人类应该改良自己的基因么?

现在，科学家已经破译了人类的基因密码，

那么，我们能不能改良它呢？

看起来，似乎也只是个时间问题喽！

因为生物学家们已经在用小白鼠来进行这方面的实验啦！

不久前，一家国外的基因破解公司宣布，

他们发现了一种名为BMP-2的基因的三种版本，

这种基因会导致发生骨质疏松症和骨折的几率上升。

也就是说，如果能在胎儿时期，

把类似于BMP-2这样的"不良基因"剔除掉，

并换上优秀的基因，

那么，所有的人从一出生就可以又聪明又健康了。

这听起来好像是一件很"美妙"的事情喔！

可是，从生命伦理学的角度看，

我们有权利从一个人的出生开始，

就改变他的命运吗？

而且，从实践角度上讲，

许多基因可能不止有一种功能，

剔除或置换掉那些

所谓的"不良基因"，

很可能产生不可预见的复杂后

果，

而这种后果很可能是对人

害的喔！

基因：

类非常有

14. 唐朝的"黑人"是从哪儿来的？

唐朝人所称呼的昆仑奴就是黑人奴仆。

在唐代传奇小说中，

黑人可都是能够飞檐走壁的高手喔！

他们力气大，水性好，

还能像猴子一样快速爬上桅杆。

从非洲来的黑人恐怕很难有这样的功夫，

所以，人们根据这一点判断，唐代黑人不是从非洲来的。

唐代黑人俑被发现后，

研究者为了查明唐代黑人的来源问题，遍查了各种史料，

提出黑人是从东南亚和南亚来的新解释。

专家仔细分析了非洲和南海黑人的区别，

虽然他们都体黑卷发，

但两者在外形上有差异。

被称为"昆仑奴"的南海黑人

不是非洲的尼格罗人种，

而应该是尼格里托人。

这种黑人又叫矮黑人，一直到现在，

这些类似非洲黑人的部落和种族，

仍散居在马来半岛以南的一些海岛上。

那么，这些黑人为什么会到中国来呢？

一种是作为供品送中国皇帝的，

一种是作为土著被掠卖到沿海或内地，

还有一种是跟随东南亚或南亚使节入华被

遗留下来的。

15. 张飞本是慈眉善目的白面书生吗？

看过《三国演义》的小朋友，

没有不知道张飞的，

他可是历史上非常有名的一员大将喔！

一直以来，大家都认为他是个满脸胡须的黑大汉，

可真的是这样吗？

现在人们却不得不怀疑了。

据报道，四川简阳张飞营山上发现了张飞的石像，

这个石头像和我们心目中的张飞形象完全不一样。

石像上的"张飞"慈眉善目，耳长唇厚，

最让人吃惊的是，他脸上竟然连一根胡须都没有。

考古学者们为头像做过鉴定后认为，

该石像修建于唐代，

是为了纪念当年张飞在长坂坡

喝退曹操万千兵马而雕刻的，

对于它是否就是张飞，

考古专家没有结论。

还有人传说，

历史上的张飞不单是一员武将，

而且还能写诗，会画画，是一位

相当有名的书法家。

但是，这种说法没有确切的证据，

都只能和他的容貌一样，成为

一个难解的谜了。

16. 人能体会到死亡的感觉吗？

人在心脏停止跳动，呼吸消失的瞬间，

他的脑子里在想些什么？

也许很多人会觉得这种想法很好笑，

但科学家们却已经研究探索它很久了喔！

因为健康人是很难回答这个问题的，

所以他们只好去寻找那些"死而复生"的人。

这些人曾经到过死亡的边缘，但又奇迹般地活了过来。

他们醒过来之后最难忘的，

当然就是临死前的那种感受了。

经过调查，

科学家们总结了 4 种死亡感觉：

安详和轻松；

"自己"与肉体脱离；

通过一片黑暗；

见到光亮。

有人认为，有过濒死经历的人，

并不是死而复生，其实他们并没有死去，

只是接近了死亡。

他们的思维活动也没有完全结束，

所以会有梦幻产生。

所谓"濒死经验"，只是一种梦幻感觉

而已。

尽管认识各不相同，

但几乎所有人都承认，

人在死前一瞬间是有某些感觉的。

相信随着现代医学的不断进步，

人类总有一天会解开濒死感觉之谜的。

17. 人为什么会梦游？

有的人在入睡之后，会无意识地走出家门，

或者在房间里走动，或者到街上散步，

有的人甚至能非常敏捷地爬上墙头、屋顶和大树，

最后又回到屋里躺在床上继续睡觉。

更奇怪的是，第二天醒来以后，

这些人对夜里自己干的事却一点都想不起来。

这种睡眠中的无意识的行为，

就是我们常常听说的梦游喔！

它是许多年来最难解释的一种睡眠现象。

世界各地都有关于梦游的报道或传说，

更离奇的是，秘鲁还有一个神秘的"梦游城"，

每到夜半更深的时候，

街上有许多人在游荡，有的还在跳舞，

这些人中的绝大多数都是穿着睡衣的梦游者。

秘鲁和许多国家的科学家考察研究了很久，

也没能揭开"梦游城"的神秘面纱。

他们只能推测这种现象可能是地理特点，

或者遗传方面的原因造成的。

患梦游症的人到处走动，为什么不仅不会跌倒、碰撞，

而且还能回到原先睡觉的床上呢？

科学家们说，梦游症患者的行动，

大概是由潜意识的"肌肉感觉"完成的。

但这也只是一种猜测，

并没有确切的证据可以证明。

所以，对人们来说，

梦游现象依然还是个谜喔！

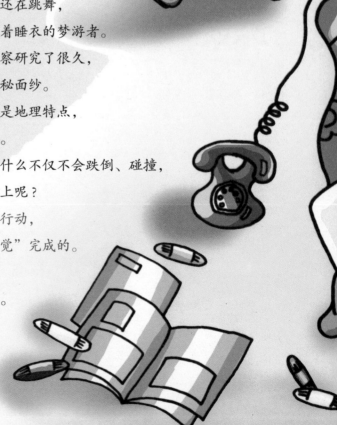

18. 五千年前的"冰人"是怎么死亡的？

1991年，一群德国游客，

在意大利和奥地利边界的阿尔卑斯山的冰川上，

发现了一具有着5300年历史的男性遗体。

因发现地点在奥兹山谷，

所以人们就称他为奥兹。

奥兹身高约159厘米，

科学家对他进行了一系列的研究。

要知道，奥兹可是到目前为止，

世界上保存最完好的史前人遗体喔！

所以，在他身上不断获得的发现，

总会引起广泛的关注，

而他的死因则始终是科学家争论的一大焦点。

奥地利古人种学家奥格发现，

从他结肠中提取的内容物中

含有完整的蛇麻草角树的花粉颗粒。

这种树在春季开花，

因此可以推断奥兹应该死于春季或初夏。

奥格教授的发现使得从前有关奥兹死因的猜测

受到了质疑。

过去科学家认为他是因为受到秋季的

一场突如其来的暴风雪的袭击，

而最终死于寒冷恶劣的天气。

因为，奥兹在被发现的时候，

戴着帽子和羊皮护腿，

身上裹着由羊皮、鹿皮和树皮纤维

制成的三层衣服，

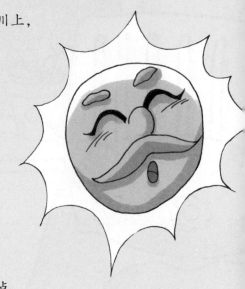

22

旁边还放置了一把铜制的斧头和一个装满箭的箭袋。

这两个截然相反的发现，

使得奥兹之死成了一个解不开的谜。

19. 越王勾践的剑为什么千年不锈？

举世闻名的秦始皇兵马俑，

是上个世纪以来巨大的考古发现之一。

在它的二号俑坑内出土发现了一批青铜剑，

这批青铜剑剑身光亮平滑，

它们在黄土下沉睡了

2000 多年的时间，

可是出土时仍然光亮如新，

非常锋利。

科研人员测试后发现，

剑的表面有一层 10 微米厚的铬盐化合物。

这一发现立刻轰动了世界，

因为这种铬盐氧化处理工艺方法，

可是在 1950 年才被美国人发明的技术喔！

实际上，关于铬盐氧化处理的方法，

早在春秋时期，中国人就掌握了。

另外一支考古队在挖掘春秋古墓时，

意外发现了一把沾满泥土的长剑，

——越王勾践自用剑。

这一重大的考古发现最先引起研究人员注意的是：

这柄古剑在地下埋藏了几千年，

却为什么没有生锈呢？

通过进一步的研究，他们发现，

越王勾践的剑千年不锈的原因在于

剑身上被镀上了一层含铬的金属。

谁能想象，上个世纪 50 年代的科学发明，

竟然会出现在几千年前的中国古代呢！

看来，这种超常规的科技早

熟现象，

也只能等待考古学家和科学家们

来一起揭开喽！

20. 黄金城在哪儿？

几千年以来，有一个充满了传奇色彩的黄金城，

一直激发着人类的想象力。

根据传说，亚特兰蒂斯城的城墙和宫殿

都是用黄金筑成的，

并且在公元前 11500 年沉没在大海中。

这个神话可以追溯到古希腊哲学家柏拉图时期，

柏拉图在《克利梯阿斯篇》和《蒂迈乌斯篇》中，

第一次提到亚特兰蒂斯城。

根据他在书中的记载，

是地震让亚特兰蒂斯沉入大海的。

柏拉图把这个高度发达的富庶国家，

描述成"被隔开的水域和土地环绕着"

——也就是被环形的运河所环绕。

从此，热衷于研究亚特兰蒂斯城的人们，

在地球上发现了 50 多个可能是该城遗址的地方：

在大西洋、在黑海、在亚速尔群岛，

在桑托林岛和克里特岛，

甚至在北海中的赫尔果兰岛。

在这么多人的坚持不懈的寻找中，

或许有一天，

人们真的能发现一座黄金铸造

的城市也说不定呢！

21. 人的身体可以发电吗？

我们在脱衣服的时候，

有时会看到蓝色的小火花，

这说明人身体上是带电的，物理学家把这种电叫做生物电。

一般来说，正常人的电压是微乎其微的，

可是，也有些人身上的电压是很强大的，

甚至能电死小动物呢！

美国就有这样一个身体会发电的人，

他在接触一些东西的时候，常常会发出电光和响声。

甚至有一次，

他把饲养在水箱里的鱼都给电死了。

后来有专家给他测定身体发现，

他手上的电压竟然高达 1500 伏呢！

除了会发电的人之外，还有不怕电的人。

印度有一个年轻人，

他的身体能承受 350 伏以内的电压。

他可以毫不在乎地接触通电的 220 伏电线，

这时候别人抓住他的手也不会触电。

医学家的初步解释是，

这个人所以不怕触电，

是因为患有无汗症，

缺乏能导电的电解液的缘故。

但是，这个说法也很勉强。

而物理学家们也没能给出一个合理的解释。

22. 水有记忆力吗？

你听说过"同种疗法"吗？

那是医学术语中的一种叫法，

意思是说，把一种化学药物用水进行稀释，

稀释到一杯水中没有任何这种药物的化学分子，

可是这杯水仍有治疗效果。

因为这杯水已经对该化学药物具有了某种"记忆"，

它可以用自己"记住"的东西给人治病，

这真的是很神奇喔！

可是，为什么会发生这种情况呢？

同种疗法的理论认为，不管被稀释得多么淡，

治疗疾病的"母液"肯定还会在清水中留下自己的一丝痕迹，

虽然这痕迹被冲淡了，

但是它们治疗疾病的属性却没有变。

这种理论还没有被完全证明，

可是，一旦它被证明是正确的话，

将会具有非常深远的意义，

我们很多物理和化学理论，

可能都要因此而改写的喔！

23. 水晶头颅是怎么来的？

1924 年，一位英国考古学家 17 岁的女儿——

安娜 · 米歇尔—赫奇斯

在英属洪都拉斯的玛雅城市卢班图姆，

发现了一只水晶头颅。

它至少有 3600 年的历史，是用一块水晶凿成的。

这也是到现在为止，世界上发现的最精致、

并且惟一一只下颚骨可以活动的水晶头颅喔！

根据人们今天对水晶结构的了解，

这只头颅根本就不能存在，

它的制造违反了水晶的自然属性。

即使利用最现代的技术手段，也制造不出这样的水晶头颅，

因为在加工过程中，水晶会碎成 1000 多块。

20 世纪 70 年代初期，

惠普公司反复研究后认定，

这只水晶头颅可能经过了 300 到 800 年

不停的打磨才达到现在这样的精确和光滑。

目前，人们共发现了 21 只水晶头颅。

科学家们估计，以前水晶头颅可能是被当作祭祀的用品。

有关玛雅的传说中也谈到了

13 只相同的水晶头颅，

那些传说告诉我们，

如果把这 13 个相同的水晶

头骨放在一起，

它们就能说话、唱歌呢！

24. 这真是《圣经》上说的诺亚方舟吗？

圣经上有这样一段话：

"你要用柏木造一只方舟，

舟内建造一些舱房，内外都涂上沥青。

你要从一切有血肉的生物中，

各带一对，即一公一母，进入方舟，

与你一同生活。"

上帝就是用这几句话命令一个叫诺亚的人造了一艘船，

并用这艘船来拯救他的全家和动物免遭大洪水的淹没。

现在，这个传说中拯救了人类的诺亚方舟，

就停靠在土耳其东部的亚拉腊山上。

人们是在一次测绘地形时偶然发现它的。

它是一个罕见的石头形成物。

看上去好像是个船身，其 183 米的长度，

和《圣经》中记载的诺亚方舟的规格大致吻合。

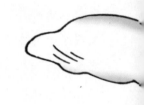

它被发现之后，立刻引起了人们的兴趣，

很多人都开始了研究和考证工作。

上世纪80年代，业余考古学家罗恩·怀亚特，

对这一现象进行了研究，

并根据这个物体上的大量残痕来证明它不是诺亚方舟。

它的形成"只是"因为地陷，

还是更多地涉及科学家们今天所说的"亚拉腊山反常"？

现在，也许只有通过地质卫星的照片，

才能展示清楚它到底是什么样子的啦！

25. 是谁在古印度造成了飞船?

在印度的南部,

有一座名叫甘吉布勒姆的古城,

当地人称它为"寺庙之城"。

在这里的神庙中,

有众多古印度的神灵雕像,

其中,还有一种飞船的雕塑。

这种飞船雕塑被雕成不同样式,

上面刻有众多神话人物,

但它们有一个共同的名称——战神之车。

在一份古代梵文资料中,

详细记载了"战神之车"飞船的构造、驱动方式,

乃至飞行员的训练与服装等众多细节。

据记载,

"战神之车"的飞行速度为每小时 5700 公里。

就技术水平来说,

这种"战神之车"并不是惊人的奇迹。

但不要忘了,

这是用我们现代的技术水平来评价的,

可是"战神之车"却是在史前时代建造的呀!

研究者们认为,

建造这样的飞船,

需要很高的科学技术水平,

还需要空气动力学的理论基础。

这对现代人来说,

也是在本世纪初才刚刚解决了的难题。

如果说这是古印度人造的,

显然非常不可能,

因为他们既没有建造飞船必要的技术能力，
也没有驾驶飞船的科学知识。
对他们来说，
飞船只是神灵们的交通工具。
那么，这些驾驶飞船的古印度神灵，
究竟又是谁呢？

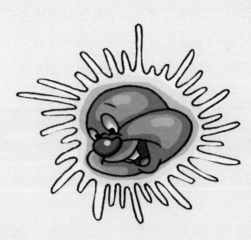

26. "火星人"到哪儿去了呢?

1903 年，美国天文学家洛威尔用望远镜

发现火星上面有许多深色的直线。

他认为那是火星上的运河。

既然有运河，当然就要有开凿运河的"人"。

于是"火星人"的说法轰动一时。

可是，随着观测仪改进，人们终于发现，

所谓的"火星运河"，

原来不过是一些环形山和陨石坑的偶然排列。

1976 年 7 月，

在美国发射的火星探测器"海盗 1 号"

传回地球的照片中，

再次发生了令人惊异的情况。

有一张照片，出现了一个类似人脸的巨大建筑。

于是，有些人认为，在古代的火星上，

生存过和人类相似的有智慧的生物。

当然，也有人坚持认为，

所谓火星人脸建筑，

不过是一些山丘投影造成的偶然巧合而已。

那么，到底有没有火星人?

如果有，他们现在又到哪儿去了呢?

也许要到了人类可以登上火星的时候，

这个困扰了人类多年的火星之谜才会被揭晓喔!

27. 为什么人们至今还不能捕获水怪？

1934年4月，伦敦医生威尔逊途经英国的尼斯湖，

发现湖中有一个奇怪的生物在游动，

他连忙用相机拍了下来，

洗出来的照片明确地显示出了水怪的特征：

长长的脖子和扁小的头部，

看上去很像早在7000多万年前就已经灭绝的

巨大爬行动物蛇颈龙。

这张照片刊出后，很快就引起了举世轰动。

进入20世纪70年代后，

科学家们开始借助先进的仪器设备，大举搜索水怪。

英、美联合组织了24艘考察船排成一字长蛇阵，

在尼斯湖上拉网式地驶过，企图将水怪一举捕获。

但遗憾的是，这些搜捕活动除了又录下一些声纳

资料之外，

最终还是一无所获。

那么，为什么人们至今还不能捕

获水怪呢？

原来，尼斯湖水中含有大量泥炭，

这使湖水非常混浊，

水中能见度不足三四尺，

而且湖底地形复杂，

即使是体形巨大的水生动物也很容易静静地躺在下面，

避过电子仪器的侦察。

而且，湖中鱼类繁多，水怪不必外出觅食；

而该湖又与海相通，水怪出入方便，

所以，想要捕获到这个水怪，

还真不是件容易的事喔！

28. 地铁会载着满车乘客突然失踪吗？

一列满载着乘客的地铁列车，在行驶途中突然消失了，

谁也找不到了，你相信吗？这件事就真实地发生在莫斯科。

当地的警察和地铁管理人员

对全莫斯科的地铁线展开了一场大搜索，

但始终没有找到。这些人就这样神奇地失踪了。

像这样的奇怪事，还不止这一件呢？

有一天，在委内瑞拉的一个机场上，

人们突然发现一架早已淘汰了的"道格拉斯型"客机飞临。

当驾驶员和乘客们走下飞机后，

机场人员说："这里是委内瑞拉，你们从什么地方来？"

驾驶员听后惊叫道：

"天哪！我们是泛美航空公司的914号班机，

由纽约飞往佛罗里达的，怎么会飞到你们这里？"

原来，这架飞机确实是在1955年7月2日从纽约起飞的，

但是，却在途中失踪，一直没有找到，

当时认为它已经坠入了大海。

关于这些奇怪的消失事件，科学家们的解释是：

"时空隧道"是客观存在的，

被吸入"时空隧道"就意味着神秘失踪，

而"时空隧道"的时间可以相对静止，

所以，失踪几十年、上百年，就像一天与半天一样。

也就是说，如果有一天你突然掉进了"时空隧道"，

等你有机会再出来的时候，

会惊奇地发现，自己还是原来的样子，

可是朋友们却都成了白胡子老头啦！

29. 海中有能把战舰拉下海底的海怪吗？

自古以来，

在世界各国的渔夫和水手们中间，

流传着可怕的海中巨怪的故事。

传说中，这些海怪体形巨大，样子可怕，

甚至长着 7 个或 9 个头。

在《挪威博物学》中描述的"挪威海怪"，

据说可以把最大的战舰拉下海底。

比利时的动物学家海夫尔曼斯

搜集并分析了从 1639 年至 1966 年 300 多年间

共 587 宗发现海怪的报告，

排除掉可能看错的、故意骗人的和写得不清楚的，

最后认为可信的有 358 宗。

他把这些报道中所有的细节输入电脑分析，

认为所谓的海中巨怪就是大王乌贼。

大王乌贼生活在太平洋、大西洋的深海水域，

身体长 20 米左右，重 2~3 吨，是世界上最大的无脊椎动物。

这种动物的性情非常凶猛，以鱼类和无脊椎动物为食，并能与巨鲸搏斗。

这么看来，前面人们遇到的海怪，

很可能就是这个家伙啦！

30.《孙子兵法》是怎样走向世界的？

中国古代典籍《孙子兵法》是一部神奇的军事著作，

蕴含着丰富的东方智慧。

它是怎样走向世界的呢？

很多人认为，

《孙子兵法》最早传入日本，随后又传入朝鲜。

因为这两个与中国相邻的国家，

在历史上与中国文化来往都很多。

日本曾经多次派遣学生到中国学习，

其中，一个在中国留学长达17年的日本学生吉备真备

把大批记载中国兵学阵法的书籍带回了日本，

回国后传授给日本的文士武将。

也有人推断，《孙子兵法》是先入朝鲜，

然后再通过朝鲜进入日本的。

最早把《孙子兵法》传到欧洲的，

是一个法国天主教徒。

1750年，这个天主教徒被法国政府派到中国来，

他把主要的精力都用在研究中国文化上面，

其中最有价值的译介工作是翻译的

6部中国古代兵书。

后来，巴黎的迪多出版社出版了

《孙子兵法》。

这部书的法译本一问世，

就引起法国公众的重视，

就连叱咤欧洲的拿破仑，

也读过《孙子兵法》的喔！

31. 国王为什么要建地下巨石宫殿？

1902 年，在地中海上一个叫做马尔他岛的地方，

发生了一件引起世界轰动的大事。

有人盖房时在地下发现了一个洞穴，

而这个洞穴里竟然埋藏着一座史前建筑！

考古学家们认为，

这是一座石器时代的庙宇的废墟，

也是欧洲最大的石器时代遗址。

这座约在 5000 多年前建造的庙宇，

整个建筑布局精巧，雄伟壮观，

好多个祭坛上都刻有精美的螺纹雕刻。

站在这座神庙的废墟面前，

人们首先看到的是一道宏伟的主门，

然后就是通往厅堂和走廊的错综的迷宫。

最令人不可理解的是"蒙娜亚德拉"神庙，

这座庙宇又被称为"太阳神"庙。

一个名叫保罗·麦克列夫的马尔他绘图员

仔细地测量了这座神庙后发现，

这座神庙实际上是一座相当精确的太阳钟。

根据太阳光线投射在神庙内的祭坛和石柱

上的位置，

可以准确地显示夏至、冬至等主要节令。

这是一种巧合呢，

还是这就是他们修建地下宫殿的目的之一？

可他们生活的可是石器时代啊！

32. 地心真有飞碟基地吗？

我们都知道地球内部是温度很高的熔岩，

可是，现在如果有人告诉你，

地心里面有飞碟基地，还曾经驾驶着飞机进去过，

你会不会觉得很有趣呢？

这是美国海军少将拜尔德，

在不久前公开的藏在他心中许久的"秘密"，

他说自己曾经驾机探访过地心飞碟基地。

拜尔德的日记说，

他曾于1947年2月率领一支探险队，

从北极进入地球内部，并发现了一个庞大的飞碟基地

和地面上已绝种的动植物。

在这个基地里，

还居住着拥有高科技的"超人"，

基地好像是用水晶修筑而成。

飞碟研究专家们认为，

飞碟的来源大致可分为三类：

外太空、内太空、未来的人形生物通过时光隧道"来访"。

其中内太空就是指地球本身，

从地心到大气层都包括在内。

人类出现在地球上已经有300万年的历史了，

可是，我们到现在对地球本身还是有很多不知道的东西。

也许，在地球的里面真的有一些神奇的东西，

正等待着我们去探索呢！

小贴士：

地下王国之说

第二次大战期间，美国陆军上士希伯在战斗中与战友失散，有一天他无意中发现一处被巨石隐蔽的洞口。希伯冒险进入洞内，竟然发现里面被人工光源照得亮如白昼，俨然是一处庞大的地下城市。美国人造卫星"查理"7号飞经北极圈拍摄后，在底片上竟然显现北极地带有一个孔，难道这是通往地球内部的入口吗？这或许只是推测。或许有人会问，若真的存在这个地下王国，那么他们为什么不回到阳光明媚的地面来生活呢？答案似乎只有一个：这个地下王国的居民长期居住在地下，或已演化成嗜热的硅生命体，已不可能再适应地面的生活。有一点是肯定的，假设地下王国真的存在，那么他们必定掌握着高于地表人的科学技术。

33. 谁建造了神秘的水下古城？

1958 年，美国动物学家范伦坦博士

在水下考察时意外地发现，

在巴哈马群岛附近的海底有一些奇特的建筑。

10 年之后，

他又在巴哈马群岛的另一处海底，

发现了长达 450 米的巨大丁字形结构石墙，

并很快发现了更加复杂的建筑结构

——平台、道路，还有几个码头和一道栈桥。

整个建筑遗址都很完整，

好像是一座年代久远的被淹没的港口。

之后，科学家、潜水家、新闻记者和探险者，

围绕着这些水下石墙的争论越来越多。

有些地质学家指出，

这些石墙不过是较为特别的天然结构，

不是人工筑成的，

但更多的学者认为就是人造的。

有人认为，巴哈马与玛雅人的故乡尤卡坦半岛相距不远，

所以，这可能是史前玛雅人的古建筑，

由于地壳变动才沉入了水下。

有人则从巴哈马海域陆地下沉的时间上推算，

认为这些水下建筑建成于公元前 7000 年之前，

因此应该是南美古城蒂瓦纳科的居住者建造的，

但蒂瓦纳科的建造者是谁本身就是个谜。

所以，说来说去，

谁也没有确切的证据说明这到底是怎么一回事喔！

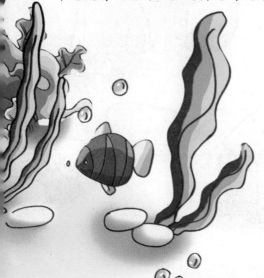

34. 纳玛托岛的巨石是怎么来的？

在密克罗尼西亚群岛上，

有一个很小的小岛，名叫纳玛托。

1595年，一位葡萄牙海军上尉来到这里，

他惊讶地发现，岛上有无数巨大的石柱放在那里，

堆成了一座10多米高的石头山。

地质学家和考古学家们到岛上进行了研究，

发现这原来是一处远古时代的建筑废墟，

这些石柱是加工过的玄武岩柱，

每一根都有好几吨重。

像这样的石柱，纳玛托岛上共有约40万根。

让人想不通的是，纳马托岛本身没有这种石柱，

它们都是从波纳佩岛运来的。

两处距离虽不远，却只能用船运送。

人们认为是用当地一种叫做卡塔玛兰斯的独木舟来运输的。

这种独木舟一次只能运一根石柱。

有人计算了一下，

如果一天运4根，

一年才能运1460根。

照这样计算，

波纳佩的岛民要工作296年，

才能把40万根石柱统统

运到纳玛托岛。

更让人难以理解的是，
岛上的建筑只做了不到一半就被放弃了。
散乱的石柱扔得到处都是。

到底是谁建造了这奇怪的建筑？

它是什么时候建造的？

又有什么用途？

为什么还没有完成就被突然放弃了呢？

到现在，还没有人能给出一个合理的解释。

35. 百慕大三角失踪的船和飞机哪里去了？

自从"复仇者"机群失踪以来，

有关百慕大三角的报道就越来越多啦！

很多人不断寻找证据，

想要告诉人们这一海域是神秘异常的。

他们的主要依据是：

百慕大三角的失踪率非常高，超过其他海域；

所有失踪都发生在百慕大三角范围内；

船和飞机失踪前都没有发出求救信号；

事故发生后，也没有任何痕迹和线索；

"没有留下任何痕迹"的说法让人觉得很神秘，

可是，事实却不是这样的喔！

有许多失踪案是留有痕迹和线索的，

比如美国海军失踪的

"蝎子"号核潜艇，

已被发现沉没于大西洋

亚速尔群岛以南的海底。

这艘潜艇是被自己发射的鱼雷击沉的。

第19飞行中队失踪45年之后，

美国海洋考察船"深探"号

在劳德代尔堡附近的海底

发现了5架"复仇者"飞机残骸。

这一事实本身，

说明百慕大三角本来就是一个

很平常的海域。

36. 金字塔真的是火星人建造的吗？

大家都听说过埃及的金字塔吧，

它的建造过程就好像一个难解的谜语，

至今还没有一个人能猜得出来喔！

不过现在，人们终于又有了些惊喜的发现：

火星球体上的物质形状和金字塔非常相像，

而且还有和狮身人面像的面部特征一样的造型！

这一重大发现告诉我们，火星与金字塔有着非常重要的联系。

同时，人们在开罗南部发现了一座神庙，

其墙壁上有大量奇怪的壁画图案，

看上去非常像现代的宇宙飞船，

而其中一架飞机的形状简直就是美国数年前的阿帕齐 755 型飞机！

难道这是 5000 年前古埃及人大智大慧的预言吗？

还是当时文明存在的遗迹？

为什么金字塔千古之谜和火星有着千丝万缕的联系呢？

对于这些问题，科学家提出了大胆的设想：

在很久以前，一场巨大的灾难席卷了火星，

而火星上那些掌握最高科技的人群先有准备，

离开火星，把家搬到了地球，并开始在地球上延续他们的文明。

可是，如果是这样的话，

他们后来为什么又消失了呢？

37. 昆虫知道周围环境的温度吗？

昆虫对温度变化非常敏感，

某些昆虫耐热和冷的反应是良好的温度指示。

一位外国生物学家观察发现：草蜢在华氏 95 度时声音更响，

如果温度低于华氏 62 度则无法鸣叫；

温度低于 45 华氏度它就不能够飞动，

低于 36 或 37 华氏度时则不能跳跃。

无论什么时候，只要能听到草蜢的叫声，

你就可以判断温度至少有华氏 62 度。

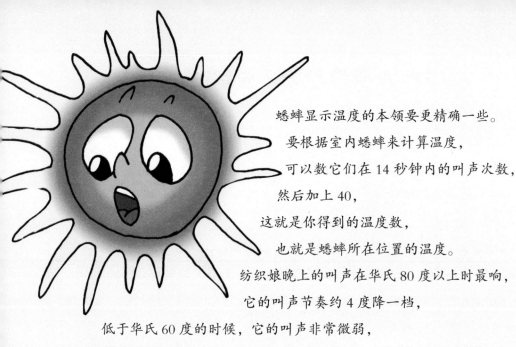

蟋蟀显示温度的本领要更精确一些。

要根据室内蟋蟀来计算温度，

可以数它们在 14 秒钟内的叫声次数，

然后加上 40，

这就是你得到的温度数，

也就是蟋蟀所在位置的温度。

纺织娘晚上的叫声在华氏 80 度以上时最响，

它的叫声节奏约 4 度降一档，

低于华氏 60 度的时候，它的叫声非常微弱，

第一声叫声几乎听不见，

蜜蜂在温度到达华氏 101 度的时候会围在蜂房外，

温度低于 57 华氏度以后，

它们会紧紧地挤在蜂房里面。

到 48 华氏度的时候，挤在一堆的蜜蜂开始嗡嗡叫以便获取热量。

蜜蜂最好的工作温度为华氏 85 度，

此时，它们一般非常温顺。

但低于华氏 70 度之后，它们就极容易发怒，

而且会无缘无故地攻击人或其他动物。

但是，到华氏 40 度的时候，

所有昆虫都不出声了。

到华氏 33 度或 34 度时，

所有的昆虫就都奄奄一息了！

38. 大西国是怎么失踪的？

有没有听到过这样一个传说，

在深深的大西洋的洋底，

有一个沉没的国家，叫做大西国。

可不要小看这个国家喔！

据说，它原来是全世界的文明中心呢！

那里有寺庙、圆形剧场、斗兽场、公共浴池等。

可是，有一天，一场强烈的地震和洪水，

使整个大西国在一天一夜之间便无影无踪了，

大西国沉没的时间大约是 11150 年前，

但这个大西国现在究竟在哪里呢？

千百年来，人们一直都在想方设法寻找它。

1968 年的某一天，几名潜水员在巴哈马群岛附近的大西洋海底，

发现了一条用巨石铺设的大路，

这是不是大西国的驿道呢？

这里是不是大西国沉没的地方呢？

1985 年，两位挪威水手在"魔鬼三角"海区之下发现了一座古城，

古城里有大路和街道、圆顶房屋、角斗场、寺院。

他们说那就是大西国！

可遗憾的是，至今也无法验证。

惟一可以得到的正确结论是，

在大西洋底确实有一块沉下的陆地。

世界上有没有大西国？

它现在到底在哪里？

依然只能是一个谜。

小贴士：

"亚特兰蒂斯"能找到吗？

不久前，一支名为"深地中海1号"的探险队踏上了全球瞩目的文明发现之旅，他们要寻找的是传说中已神秘消失的大陆——亚特兰蒂斯。

"亚特兰蒂斯"也就是大西国，这个名字最早出现在古希腊哲学家柏拉图的名著《对话录》里。根据柏拉图的记述，公元前1.2万年左右，地球上存在一个名叫亚特兰蒂斯的地方，意为"大西洲"，那是一块充满诗情画意、具有高度文明的理想栖息地，人口估计有3000万。但富足和强盛滋生了亚特兰蒂斯人的骄傲和自负，上帝决定惩罚他们，于是在某天某夜，洪水和地震突如其来，把整块大陆沉入了海底。

39. 海洋是怎样形成的？

知道吗？海洋的面积要超过地球总面积的一半呢！

可是，这么多的水到底是怎么来的，

你想过没有呢？

这可是到现在也没有确切答案的难题喔！

对此科学界一直存在着不同的看法。

多数人认为，在地球形成

后的最初几亿年里，

由于地壳较薄，

加上小天体不断轰击地球表面，

地幔里的熔融岩浆易于上涌喷出，

随同岩浆喷出的还有大量的水蒸气、二氧化碳，

这些气体上升到空中并将地球笼罩起来。

水蒸气形成云层，产生降雨。

在原始地壳低洼处，

不断积水，形成了最原始的海洋。

还有一种说法是，海水来自冰慧星雨。

科学家初步判断冰慧星的直径多在20千米，

大量的冰慧星进入地球大气层，

经过数亿年，或者更长的时间，就形成今天的海洋。

但是，这种理论的证据很不充分。

海洋到底是如何形成的？

或者说，地球上的水究竟来自何方？

也许只有当太阳系起源问题得到解决了，

我们才能知道真正的答案喔！

小贴士：

海洋的年龄有多大了？

过去，人们认为海洋是很古老的，然而，近几十年人们对深海的考察研究发现，这种认识是错误的。那么，海洋的年龄究竟有多大呢？

科学家普遍认为，海洋是年轻的，其年龄最老超不过2.2亿年，和地球45亿年的寿命相比，海洋的历史不过是地球演化史上最近的一章。

40. 海啸前动物为什么行为异常？

有一种理论认为，有些动物，

它们的听觉远比我们人类发达灵敏，

因此可以听到海啸袭来前的滔滔巨浪。

科学家研究发现，

大象的鼻窦处可以发出20分贝高的颤音。

这种颤音可以传播到

几十公里之外，

帮助大象感知可能存在的危险。

此外，大象还能依靠布满角质物的足底穹窿，

敏感地觉察到大地脉搏的异常。

据此，科学家们推断，

绝大多数动物都有感受大地、

空气和水体发生细微震动变化的能力，

而且，相近物种之间还可能存在

某种目前我们还不知道的沟通办法，

以便于互相传递信息。

实际上，我们人类也是有这种本领的喔，

只是现在已经远不如动物发达啦！

科学研究发现，即使是同一种生物，

本能也会因生活环境不同而发生退化。

同样生活在海啸灾区，当地的土著人，

像野生动物一样预先感觉到了危险，

所以在印度洋海啸中几乎没有人员伤亡。

有些科学家认为，他们的获救，

是因为处于较原始的生活状态，

而比生活在现代文明里的我们感觉更灵敏，

也许这就是为什么印度洋大海啸发生后，
虽然野生动物大都逃过劫难，
但是家养动物的尸体却遍地都是的原因啦！

41. 动物为什么会有记忆力？

看到这个标题，你也许会问，

动物也有记忆力吗？那是人才会有的能力呀！

其实，动物确实是有记忆力的。

海豚能够学习人们教给它的动作，

老鼠能够走出迷宫等等，

都很好地说明了这一点。

只是现在，人们对很多动物的记忆基础

还没有完全认识清楚。

为了揭示这其中的奥秘，科学家们做了大量的实验和研究，

已找到了某些动物的记忆基础，

比如海龟的记忆基础是气味；

蟹群的记忆基础是行星与地磁的位置；

而乌鸦的记忆力是借助于贮藏区地貌的特点。

现在，动物的记忆力，

已成为各国科学家感兴趣的研究课题。

研究对象也扩大到蜘蛛、马、蜜蜂等等。

科学家们发现，动物的记性，

与脑中的核糖核酸、乙酰乙酯等

物质有关。

然而，仍有一些动物的记忆基础

令人迷惑不解。

这些都要有待于科学家们的进一步

探索啦！

42. 为什么有些动物的躯体可以再生？

在大自然激烈的竞争中，

有一部分生物为了自卫，

可以舍弃身体中的某一部分，

但过不了多久，

身体里又会重新长出被丢掉的部分。

比如壁虎在处于险境时，

可以折断尾巴，

让扭动的尾巴迷惑进攻者，

自己则逃进洞穴。

它们一点也不用担心自己的尾巴，

因为一条新的尾巴，

很快就会从折断的地方长出来。

这种本领真是很神奇哦！

其实，像壁虎一样的动物有很多呢！

比如章鱼可以自断"手腕"，

兔子会丢掉被敌人咬住的皮肉，

还有像蚯蚓一样可以分身的海星等等。

研究动物的再生能力，

对探讨人的肢体再生途径

有很大的用处。

虽然到现在为止，

人们还没有完全揭开

动物再生之谜，

但是相信在不久的将来，

人类一定可以解决这

个问题！

43. 为什么青蛙可以一觉睡上百万年？

每到深秋的时候，青蛙就要开始冬眠了，

他们要睡上整整一个冬天，

然后在第二年春天来临的时候苏醒。

可是，如果一只青蛙沉睡了上百万年，

它还能苏醒吗？

人们在美洲墨西哥的石油矿床里，

就发现了这样一只冬眠的青蛙。

这只青蛙埋在2米深的矿层内，

被掘出来时皮肤还是柔软的，

而且富有光泽，经过两天后才死去。

地质学家对这个矿床进行了科学测定，

证实这个矿床是在200多万年前形成的。

而这只青蛙只能在矿床形成时被埋在矿层内，

绝对不可能在矿床形成之后才进入矿层。

也就是说，这只青蛙在矿层内，

已经生存了200多万年的时间啦！

此外，还曾经有人在完整的石头中，

发现4只活的蟾蜍，

而这块岩石的年龄也有100多万年了。

为什么蟾蜍和青蛙能在岩石内或矿层内冬

眠达100多万年甚至200多万年而不死呢？

科学家至今还不能给出一个

合理的解释。

44. 为什么恐龙很大，它的蛋却很小？

恐龙是地球上最大的陆地动物了，

可是，我们看到的化石却告诉我们：

和恐龙庞大的身躯相比，

恐龙蛋却小得可怜，

这是为什么呢？

科学家们分析说，如果恐龙把蛋下得很大，

蛋内液体产生的压力，

就很容易把蛋壳挤碎；

 如果蛋壳太厚，

恐龙的幼仔又不能轻易地破壳而出。

所以，大多数的恐龙生小蛋，

 是为了蛋的保存和恐龙的种族繁衍。

刚孵化出的恐龙虽然很小，

但它们的生长速度却是非常快的喔！

和现在的爬行动物相比较，

它们的生长速度至少要快上 3 倍呢！

45. 恐龙是怎样灭绝的？

表面上看来，宇宙里的一切都是很有规律的，

但偶尔也会出现"发疯"的景象喔！

太阳系最近一次"发疯"的时间

大约在 6500 万年前，

恐龙灭绝很可能就是这种原因造成的。

这种行星发疯的现象被称作"混沌"。

混沌是指没有任何规律可循的无常运动。

但人们不知道，

在太阳系中，

最重要的混沌驱动者是木星和土星，

因为它们是质量最大的两颗行星。

木星和土星的运行方式

大概每隔几千万年就会陷入一次混乱。

大概在距今约 6500 万年的时候，

木星和土星就陷入了一场大混沌中。

当它们陷入混沌状态时，

就导致了小行星带中的天体向外"喷发"。

在科学家们的假设中，

这些喷发出来的天体，

有些撞入了地球，

其中一颗恰巧撞入中美洲附近的海域。

这次撞击的后果是改变了地球的气候和

其他许多东西，

恐龙无法适应这种突然改变的环境，

所以，就慢慢地灭绝了。

过去发生的混沌现象也可能

在未来发生，

不过那可能是几千万年以后的事，

到那时，人类肯定已经找到可以对付它的办法啦！

46.1亿年前的化石中
为什么会有人的头盖骨？

一个偶然的机会，在美国俄克拉荷马州，

出土了一个1亿1千万年前的大型长颈龙的化石。

据推断，这只长颈龙有18米高，

但更令人吃惊的是，

在它的腹部竟然发现了一个神秘的头盖骨。

这个头盖骨的形状与人类的头盖骨很像，

只不过体积小了许多，

而且头顶部也比人类的往外突出了许多。

现在，还没有足够的证据表明

在长颈龙生活的时代就有人类生存，

　这样一来，这个神秘的头盖骨

　　就只能是一个类似人类而并非人类的生物的了。

　　据流传出来的消息说，

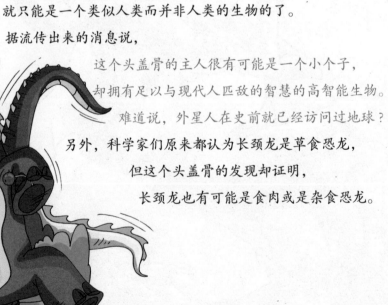

　　　这个头盖骨的主人很有可能是一个小个子，

　　　却拥有足以与现代人匹敌的智慧的高智能生物。

　　　难道说，外星人在史前就已经访问过地球？

　另外，科学家们原来都认为长颈龙是草食恐龙，

　　　但这个头盖骨的发现却证明，

　　　长颈龙也有可能是食肉或是杂食恐龙。

47. 海豚认识它的敌人和朋友吗?

很多小朋友都喜欢海豚,

还经常去海洋生物馆看它表演,

因为海豚又聪明又对人友善,

真的是非常招人喜欢喔!

研究人员在调查野生海豚时发现,

通常一开始海豚都不愿意靠近人,

似乎意识到陌生物体的存在。

但当察觉人类没有敌意后,它的戒备心就逐渐放松啦!

甚至近到伸手可及的距离,也不会逃跑。

它们会一边摇动头部,一边观察人。

只要其中的一条不经意地逐渐靠近人,

其他的海豚也会慢慢地游过来。

意大利南部夏科湾附近,

每天都有十多条

大西洋瓶鼻海豚游向海滩。

这些海豚对人类的骚扰似乎并不介意,

而且已习惯人类用手给它们喂食物和鱼饵。

所以,即使是野生海豚,

只要有适当的机会,

它们也喜欢接近人类,

愿意做人类的好朋友的喔!

48. 鲸为什么要集体自杀？

1979 年 7 月 17 日，
在加拿大的一个沙滩上，
出现了鲸鱼集体自杀的情况。
这个消息传出之后，
引起了很大的轰动。
其实，有关鲸集体自杀的事，
在世界其他一些海域也曾发生过。

1970 年 1 月 11 日，

在美国佛罗里达州的一处海滩上，

海潮退去后留下 150 余头逆戟鲸。

鲸为什么要集体自杀呢？

几十年来，不少人在研究这个问题，

得出的结论也不一致。

有人说，鲸自杀可能是

鲸群中的领头鲸神经错乱而导致的结果。

有的则认为，鲸自杀可能是这群鲸患了某种

我们人类还弄不清的疾病。

不过，这些说法都不能使人信服。

为了揭开鲸集体自杀之谜，

荷兰科学家杜多克收集整理了 133 例鲸自杀的事例。

他发现，鲸自杀的地方，

通常是在低海岸、水下沙滩、

沙地或是淤泥冲积地区的海角。

他认为，鲸有精确的回声定位器官，

发生自杀时，往往是因为鲸的测定方位器官受到干扰，

以致导航系统发生困难而自杀的。

造成回声定位系统失灵的主要原因

是遇到了缓斜沙质海底。

可是，这就是正确答案吗？

我们还是没有办法确定。

49. 海底真的有美人鱼吗？

在听说过很多关于美人鱼的童话之后，

你是不是一直把美人鱼当作美丽的化身呢？

不久前，在黑海岸边附近，

人们发现了一个3000年前美人鱼的木乃伊。

她看起来像一个美丽的黑皮肤公主，

下面有一条鱼尾巴，

从头顶到带鳞的尾巴，长173厘米，

拥有锋利的牙齿，还有强壮的双颚，

可以撕裂肌肉，咬碎骨头。

如果她们的性情也这样凶猛的话，

那可真的是够可怕的啦！

这只动物大概生活在1.2万年前，

科学家相信她死时约有100多岁的年龄。

这是发掘到的世界首具完整的美人鱼化石，

她告诉我们，原来世界上真的有美人鱼这种动物的。

除了化石之外，人们还发现过活的美人鱼，

那是在红海海岸，美人鱼的形状上半身像鱼，

下半身像女人的形体，

跟人一样长着两条腿和10个脚趾。

可惜的是，它被发现时已经死了。

总之，因为有了这些发现，

现在，人们不再把美人鱼当作

神话传说来看，

而是作为一个严肃的科学

问题来研究啦！

50.小鱼也能吃大鱼吗？

人们常说，大鱼吃小鱼，小鱼吃虾米，

弱小的动物总是要受欺负的。

真的是这样吗？

当然不一定，下面的情况就是一些例外喔！

在浩瀚无际的海洋世界里，有许多弱小的鱼，

由于身体具备某些特殊的器官，

总能以小胜大，使一些大鱼甘拜下风。

形如鳗鱼的七鳃鳗，其吸盘状的口内长满了角质齿，

它能吸附在大鱼身上，

将大鱼皮肤咬个洞，

然后吸大鱼的血，

并分泌出一种防止

血液凝固的物质。

大鱼由于失血过多，

不久便死亡了。

与七鳃鳗同类的盲鳗，

嘴的周围长有三对或四对触须，

它也能在大鱼皮上咬个洞，

或从大鱼鳃孔直接钻入大鱼肚内。

还有一种鲨鱼，体型很小，但牙齿却很厉害。

这种小鲨鱼非常凶猛，甚至敢向大鲨鱼发动进攻，

它能咬破大鲨鱼的皮肤，进入体内使其死亡。

所以，千万不要小看了这些小家伙，

它们中有很多都是非常厉害的角色喔！

51. 为什么鸟类远途迁徙也不会迷路？

我们都知道自然界中有一种鸟叫做候鸟，

它们每年都要迁徙到很远的地方，

中间甚至要飞行好几万公里，

却从来没有迷过路，这是为什么呢？

要知道，它们可是既没有指南针，

也不会使用罗盘的喔！

鸟类从千里之外定向识途的本领，

一直是神奇的大自然的奥秘之一。

它们靠什么来决定航向？

星星？太阳？月亮？风？还是地球磁场？

它们又是怎么拥有方向意识的呢？

这始终是自然界中一个让人百思不得其解的谜。

科学家最初的研究发现，

鸟类在飞行时，往往主要依靠视觉，

通过天空中日月星辰的位置来确定飞行方向。

此外，地形、河流、雷暴、磁场、偏振光、紫外线等，

也都是鸟类飞越千里不迷航的依据。

最近的研究还表明，

鸟嘴的皮层上有能够辨别磁场的神经细胞，

被称为松果体的神经细胞，

就像脊椎动物对光的感觉器官一样起着重要作用。

对信鸽进行的多次生理学试验表明，

部分松果体细胞能对磁场强弱的微小变化作出反应，

也许这也是候鸟飞翔万里却从不迷路的原因之一。

小贴士：

鸟类迁徙的原因

鸟类迁徙的原因比较复杂，一般认为这是它们的一种本能。这种本能既有遗传和生理方面的因素，也是对外界生活条件长期适应的结果，与气候、食物等生活条件的变化有着密切的关系。候鸟对于气候的变化感觉很灵敏，只要气候一发生变化，它们就纷纷开始迁飞。这样，可以避免北方冬季的严寒，以及南方夏季的酷暑，还可以保证觅到丰盛的食物。

52. 海火是怎么回事？

1975年9月12日傍晚，
江苏省近海朗家沙一带海面上发出微微的光亮，
并随着波浪的起伏不停跳跃，
就好像风中燃烧的火焰那样，
几小时以后，这里发生了一次地震。
这种海水发光现象被人们称为"海火"，
它常常出现在地震或海啸前后。
日本三陆海啸发生时，
人们看到了更奇异的海火，
浪头底下出现三四个
像草帽一样的圆形发光物。
那么，海火是怎样产生的呢？
一般都认为是水里会发光的生物
受到扰动而发光导致的，
比如拉丁美洲大巴哈马岛的
"火湖"，
因为繁殖着大量会发光的甲藻，
所以每当夜晚的时候，
就会看到随着船桨的摆动，
激起万点"火光"。
因此，人们推测，
当海水受到地震或海啸的
剧烈震荡时，
便会刺激这些生物，
使其发出异常的光亮。

然而，另一些研究者对此持有异议，

他们认为，

海火是一种与地面上的"地光"相类似的发光现象。

不过也有一些人认为，

海火作为一种复杂的自然现象，

很可能有着多种成因，

而且由不同成因产生的海火，

有着不同的特征，

可到底是什么原因呢，谁也没办法说服谁，

看来，海火还真是个让人头疼的问题。

53. 四大"死亡谷"的秘密是什么?

在前苏联的堪察加半岛克罗诺基山区，有一个"死亡谷"，

长达两公里，里面的地势凸凹不平，

不少地方有天然硫磺嶙峋露出地面。

在谷内，到处可见到狗熊、狼獾以及其他野兽的尸骨，

而且这个"死亡谷"还吞噬过30条人命。

科学家曾对这个"死亡谷"进行过多次探险考察，

但是仍然没有一个让人信服的结论。

在美国加州与内华达州相毗连的群山之中，

也有一条特大的"死亡谷"，它长达225公里。

美国曾有一支寻找金矿的勘探队伍，

因迷失方向而涉足其间，几乎全队覆灭。

此后，有些前去探险的人员，也

葬身谷中，

可是到现在，

也没能查出死亡的原因。

意大利的那不勒斯和瓦

唯尔诺湖附近的"死亡谷"，

专杀飞禽走兽，

对人的生命却毫无威胁，

每年在此死于非命的各种动物

多达37600多头。

所以意大利人称它为"动物的墓场"。

意大利的一些专家、学者曾多次对

"死亡谷"进行过考察研究，

但至今也没有找到答案。

54. 植物也有情感吗？

一直以来，人们都认为，

这个世界上，只有动物才有感情的。

现在，这种观点恐怕要改一改了喔！

从事植物感情研究的博斯教授注意到，

植物虽然没有通常的神经系统，

但是在许多方面，

它们却具有与动物一样的功能。

他发现，植物与动物一样也能被麻醉。

如果向植物喷氯仿，它会"失去意识"，

但给它供应新鲜空气后，它又能苏醒过来。

在美国从事测谎检查工作的巴克斯特，

也在无意间发现了类似的情况。

一天，他把测谎器的电极夹在龙血树的叶子上，

结果龙血树出现了与人类感情

兴奋时同样的反应。

这个现象令巴克斯特大吃一惊，

并决定调查植物是否也有感情。

首先，他把龙血树叶子浸泡在热咖啡中，

测谎器没有什么大的反应。

接着，巴克斯特自言自语道：

"这回烧叶子该怎么样呢？"

他刚说完这句话，

电极的指针就开始剧烈地摆动起来，

最终巴克斯特得出"植物也有感情"的结论，

并把这种现象称为"巴克斯特效应"。

虽然很多人对"巴克斯特效应"表示怀疑，

但他的实验却吸引了大家的注意喔！

55. 海底世界有草原吗?

在一次对珊瑚礁和海草的调查项目中,
我国科研人员发现,
东部沿海地区有广阔的"海底草原"。
不过,和陆地上的草原不一样,
这里的草可全都是海草喔!
这次发现,
对海洋生态研究有着非常重要的科研价值。
海草是只适应于海洋环境生活的维管束植物,
在热带、温带近岸海域均有分布。
海草场是热带水域重要的潮下带生产者,
也是许多经济鱼类和
无脊椎动物的天然渔礁。
海草与红树林、珊瑚礁一样,
是巨大的海洋生物基因库。
它们根系发达,
有利于抵御风浪对近海岸
地质的侵蚀,
对海底栖生物具有保护作用。
同时,还能进行光合作用,
吸收二氧化碳,释放氧气,
补充水中的氧气,更重要的是,
它还能为鱼、虾、蟹等海洋生物
提供良好的栖息地。
海草作为南海沿岸重要生态系统之一,
是海洋高生产力的象征。

但是，海草却很少能大片生长的，
所以，为什么我国东部沿海会有大面积海草，
现在还是一个有待解决的科学问题喔！

56. 为什么倒下的树会突然立起来？

1993 年的一天，

在云南南部地区的普洱县，

发生了里氏 6.3 级以上的大地震，

很多当地村民的房屋都倒塌了，

可是，一颗老椿树却安然无恙。

地震刚刚过后，

又来了一场 10 级大风，

这一次，老椿树就没那么幸运了，

不一会儿，它就在狂风中轰然倒地。

倒地后的椿树恰巧阻断了通往村头的小路，

村民们出来进去十分不便，

于是，大家最后决定把其分段砍伐。

就在这棵大树的主干

被锯到只剩 3 米的时候，

突然"哗"地一声，它猛然站起，

端正地立在原来的位置上，

这把正在锯树身的农民吓得目瞪口呆，

"神树"的消息从此迅速传开。

有人推测，当时大树倒地后，

有部分气根没有折断，仍然在地里，

地震过后，地壳的整合形成拉力，

把老树的气根重新拉紧，

所以，就把老树拉了起来。

但是另一些人不同意这种说法，

他们认为大椿树倒地而起的原因，

和地下极为复杂的地质情况有关。

可是，说来说去，
谁也不能找到一个让大家相信的理由。
现在，只有那棵倒地又起的老椿树
每天仍然默默无语地站在那里，
等着大家去猜它站起来的原因呢！

57. "风流草"为什么会跳舞?

在菲律宾、印度、越南以及
我国四川、福建、台湾等地的丘陵山地中,
生长着一种会跳舞的植物,人们叫它"风流草"。
"风流草"其实并不是草喔,它是一种落叶小灌木。
"风流草"对阳光非常敏感,
只要太阳光一照射到它的身上,
两枚侧面的小叶子就会自动地慢慢向上收拢,
然后迅速下垂,不停地划着椭圆曲线,
太阳光越强烈,它旋转的速度也越快。
"风流草"为什么会有这样的特性呢?
植物学家普遍认为,

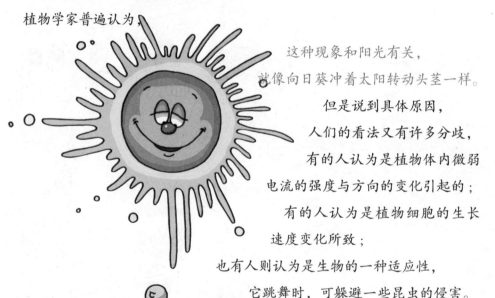

这种现象和阳光有关,
就像向日葵冲着太阳转动头茎一样。

但是说到具体原因,
人们的看法又有许多分歧,
有的人认为是植物体内微弱
电流的强度与方向的变化引起的;
有的人认为是植物细胞的生长
速度变化所致;
也有人则认为是生物的一种适应性,
它跳舞时,可躲避一些昆虫的侵害。
还有人认为,
它们转动叶片是为了躲避酷热,
以保存体内的水分。

58.动物器官移植可能毁灭人类吗？

全世界每天等待做器官移植手术的人有几十万，

可是人体器官却总是那么缺乏，

所以，为了挽救更多人的生命，

科学家一直在寻求更多更好的供体器官，

他们把探索的方向转向了动物器官。

世界上第一个把动物器官移植到人体内的是美籍华裔人冯宙麟博士，

他成功地把狒狒的肝脏移植到人身上，

虽然那人只存活了一个月，但手术依然是成功的。

其实移植动物器官挽救人们生命的想法，

很久以前就已经有了，

可是，感染动物病毒的隐患还未能解决。

科学家担心动物的病毒会传染给人类，

现在世界上的几种超级病毒，

都是从动物体内传染给人的，

比如，艾滋病病毒，

最初就是非洲猩猩传染给人的，还有禽流感等其他病毒。

这些病毒一旦传染给人类，我们目前根本没有办法治疗。

如果这些病毒在人体内适应下来，造成人间传播，

那就更可怕啦！

全世界的人都死掉也是有可能的喔！

因为这个后果非常严重，

所以，为了避免传染动物的病毒，

有些国家已经在法律上

限制研究了。

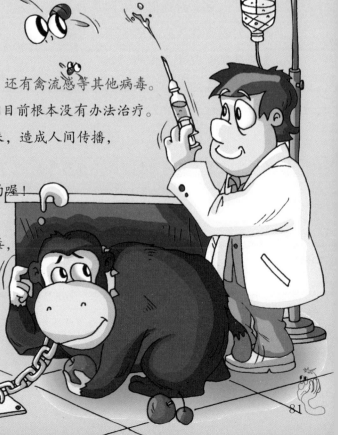

59. 谁曾开采过月球？

在一座玛雅庙宇中的一个圆形拱门上，

人们发现了一幅月球的地图，

那是一幅从地球上望不见的月球背面的地图。

这真是件很奇怪的事，

除非是玛雅人曾经到过月球，

否则他们是没有可能画出这样一幅地图的喔！

前苏联和美国的宇宙飞船都拍摄到月球上的一些尖顶物，

尖顶物估计有 12~22 米高。

这些神秘的尖顶物是什么东西呢？

它们是不是 70 万年前的玛雅人在月球上从事矿物开采留下的遗迹呢？

或者，是某种精密通讯装备的一部分？

玛雅人也许是为了寻找金属钛以及铁和镍，

才穿过太空来到我们的太阳系的。

而我们的宇航员从月球带回的样品，

表明月球表面有大量的钛。

似乎可以肯定，玛雅人来到地球之前，

一定先到过月球，

因为要在地球这样一颗行星上登陆，

可是需要先做好调查和准备工作的喔！

小贴士：

1969 年美国"阿波罗 11 号"宇宙飞船首次着陆月球时，宇航员在月球的表面共发现了 23 个人类赤脚印，并用照相机拍摄下来。美国当局对此一直保密，直至最近才将之公布于众。据登上月球的宇航员称，这些脚印无可置疑是属于人类的，而且留下的时间不久。可常识告诉我们，地球人是不可能赤着脚登上月球的，也不可能不靠运载工具而自行飞上月球，那么留下这些脚印的只能是地球以外的"人"，这究竟是怎么回事呢？

83

60. 为什么庞培古城会被埋在地下？

在意大利的西南海岸，

有一座名叫维苏威的高山，

一次，一个农民在这座山的山脚下修水渠时，

意外地挖出一些古罗马钱币和一些经过雕琢的大理石块，

这立刻引起了人们对这一地区的关注。

不久，又有人在附近挖出了刻有"庞培"字样的石块，

于是，从 1748 年开始，

考古工作者开始在这一地区进行了有计划的挖掘，

又经过了大约 200 年的时间，

终于使这座在地下沉睡了 1900 多年的罗马古城——庞培，

重新出现在人们的眼前。

原来，庞培城是一个 1.8 平方公里的小城，

反映出公元 1 世纪的时候，

罗马奴隶制经济文化发展的盛况。

可是，这座繁华的城市怎么会被埋在地下呢？

根据研究和推断，

考古学家们给我们描绘了这样一幅画面：

公元前 79 年 8 月的某一天，

庞培城的人们都在正常地生活着，

维苏威火山突然爆发了，刹那间，

火山爆发喷出的熔岩、

凝成的石块和火山灰，

在大地上盖了厚厚的一层。

随后，倾盆大雨引起了山洪，

山洪挟带着大量的石块和火山灰，

从山上向下冲滚而来，

很快地将这座小城淹没了。

后来，随着时间的流逝，

庞培古城也就慢慢地被人们忘记啦！

61. 鹅的骨头可以预测天气吗？

早在100多年前的时候，

就有一种用鹅骨来进行天气预报的方法，

这种方法在美国气象局建立之前还曾经被使用。

在感恩节前后，很多家庭主妇都会杀一只鹅做菜，

但是，她们把菜做好之后，

拿出去给大家吃的时候，

每次都小心不让鹅的胸骨被切断。

鹅给吃完以后，她们会小心地取下胸骨，

剔除上面挂着的所有的肉和脂肪，

然后把它放到架子上干燥，

并注意它随后的颜色变化。

如果骨头变成了蓝色，黑色或紫色，

那么，冬天就会很冷；

如果是白色，

那就表明冬天会暖和一些。

紫色的尖顶表明来年春天一定很冷；

朝骨头侧边分散过去的蓝色表明，

可以出门的暖和天气，

一直到新年为止；

如果骨头呈黑色，

或者全部都是蓝色，

86

那么，整个冬天都要准备和寒冷作战斗啦！

有人说，这是因为这只鹅吸收了太多的油脂，

所以，成为抵御严寒的工具。

可是，科学家们却没有办法解释，

为什么骨头还会变成白色。

难道，这里面真的有什么神奇的原理吗？

62.2000年前的巴格达真的有电池吗？

在巴格达伊拉克博物馆的藏品中，

有一只简陋的陶罐，可不要看不起它呦！

那可是考古学领域最令人吃惊的发现呢！

虽然已经有大约2000年的历史了，

但从陶罐内装的东西和它的制作意图来判断，

这只陶罐非常像是一个电池的外壳。

伦敦物理学家沃尔特·温顿

对这只陶罐做了仔细的研究，

在容器内放上一些酸性物质，比如说醋，

这样，你就有了一个能产生电压

并释放电流的简单腔体。

把几个这类腔体串联起来，

就能构成一个电池组，

所发出的电流足以使电铃发声。

温顿指出，这件物品确实是电池，

可到底是什么人在2000年前制作了它，

又用它来做什么用呢？

有人说，使用这些电池的人是巴比伦的医生，

他们使用它对病人进行局部麻醉。

但是，在各种意见中，只有德国考古学家

威廉·柯尼希的解释最有说服力。

他认为，如果把多个这类腔体串联起来，

从里面发出的电流可用来电镀金属。

事实上，为了给铜首饰包银，

现在伊拉克的工匠们仍然在使用

一种原始的电镀方法。

这种技术可能是从安息时期
或者更早的时候起一代代传下来的，
也许就是这些电池的制造者发明的呢！

63. 什么人在 1 亿年前留下的三维立体地图？

俄罗斯著名科学家亚力山大·丘维诺夫博士说，

在远古的乌拉尔山脉，存在过一个高度发展的文明。

因为他曾在乌拉尔山脉考古过程中

发现了一块远古时代的石板——

那可是一块用高科技机器制成的三维立体地图喔！

石板长 1.5 米，宽 1 米多，重量超过 1 吨，

距今至少有 1.2 亿年的历史啦！

许多科学家参观这块石板后认为，

这是一块浮雕——一个三维的立体地图！

很明显，这块石板是人造的。

在这个三维地图上，

从乌法城地区到斯特里托马克地区，

表面裂开了一个长长的大口子，

足有 2、3 公里深。

地理学研究发现，

这种地貌只在 1.2 亿年前才可能存在过，

也就是说，在理论上的确有这条峡谷存在。

而现在的乌夏克河可能就是

由地图上的这条远古时代的峡谷演变而来的。

另外，三维地图上还雕刻着河道系统，

河道系统内包括 12 道 2 公里多深的大水坝，

这些水坝使水产生一个巨大的落差，

非常像现代的水力发电站，

看样子，在 1.2 亿年前，

这里好像真的存在过一个高度发展的文明呢。

64.4000 年前的"飞机模型"是什么样的？

大家都知道，直到 1903 年，
地球上的人类才制造了第一架飞机。
可奇怪的是，考古学家们却在埃及发现了
4000 多年前的飞机模型以及浮雕上的飞机图案。
难道 4000 多年前的古埃及人就已经看见过飞机了吗？
1971 年 12 月，由考古学家、
航空史学家、空气动力学家
组成的委员会开始了对这架飞机模型的测量研究。
最后，许多专家认为，它具有现代飞机的基本特点和性能：
该飞机模型的机身长 5.6 英寸，两翼是直的，机尾像鱼翅一样垂直，
尾翼上有像现代飞机尾部平衡器的装置。
机内各部件的比例也很精确。

所以，一些专家们断定，

这绝不是古埃及工匠给国王制造的玩具，

而是经过反复计算和实验的最后成品。

有人认为，几千年前的人根本

不可能制造出飞机，

这些飞机模型都是外星人留下来的。

因为很多民族在还没有语言和

文字的时候，

都是用壁画记载历史的，

出现在庙宇中的飞机模型和浮雕，

可能是古埃及人对曾经到地球

来过的外星人的记载喔！

65. 机器人能否拥有人的意识？

我们都知道人是有意识的，

可是，其他的动物难道就没有了吗？

一棵树，一块石头会不会有意识呢？

机器做成的人会不会有意识呢？

人们一直希望可以制造出能够思考的机器人，

可是到现在为止，

这个领域内取得的成就还是非常有限的。

但随着计算机能力的不断进步，

有不少人相信人工智能能在几十年内实现。

有人预言，

人类会在 2050 年制造出完全智能的机器人，

这种机器人会有和人类一模一样的举止。

可是，这能说明"他们"是有意识的吗？

牛津大学数学家兼宇宙学家罗杰·彭罗斯认为，

计算机只能以算术的方式来运行，

而在这个世界上总存在着

不能用算术法则来计算的东西，

所以机器人永远无法和人类相提并论，

"它们"永远也不可能有人类一样的意识。

看来，这的确是一个连科学家也很难回答的问题喔！

66. 为什么说都兰古墓是"东方金字塔"?

我国的青海省都兰县，历史上曾是吐谷浑古王国的中心，
也是古丝绸之路的必经之地。
吐谷浑人是鲜卑族的一支，
公元4世纪迁移到青海南部草原。
公元329年，
他们以青海为中心，
创建了自己的王国，
并把都兰作为都城。

如今，整个都兰县境内，分布着上千座古墓葬，

其中一个叫做血渭一号的大墓，被考古学家认为是最惊人的发现，

它也是所有古墓中最为壮观的一座墓葬。

这座古墓坐北向南，

高 33 米、东西长 55 米、南北宽 37 米，

从正面看像一个"金"字，

所以，人们也叫它"东方金字塔"。

整座墓葬共有 9 层，

据计算，修建这样的大墓

需 1 万人花费 1 年以上的时间才能完成。

此外，大墓周围还分布有数十座小型墓葬。

墓葬的这种构筑形式和风格，

在我国考古发现中绝无仅有。

吐谷浑王国是我国历史上一个颇具神秘色彩的国家，

它的存在不过短短 300 多年，

有关这个民族的记载很少，

实物证据目前也略显不足。

所以，都兰墓葬群对于研究吐谷浑

的历史、文化和风俗可是非常

重要的喔！

67. 是谁绘制了撒哈拉沙漠壁画？

很多小朋友都知道，撒哈拉沙漠是世界上最大的沙漠，

可是，如果有人告诉你，

就是在这片茫茫的大沙漠里面，

曾经有过高度繁荣的远古文明，你会怎么想呢？

不相信吗？那就去看看沙漠上绮丽多姿的大型壁画吧，

那可是远古文明存在过的证据喔！

1850 年，德国探险家巴尔斯来到撒哈拉沙漠进行考察，

无意中发现许多岩壁中刻有驼鸟、水牛

及各式各样的人物像。

1933 年，法国骑兵队来到撒哈拉沙漠，

偶然在沙漠中部高原上发现了长达数公里的壁画群，

此后，欧美的一些考古学家纷纷赶到这里，

他们在撒哈拉沙漠里发现了 1 万件壁画。

那么，是谁，又是在什么时候

创造出这些壮观的壁画群呢？

他们为什么要刻制巨画呢？

这可让历史和考古学家们伤透脑筋啦！

有些学者认为，要解开这个谜，

就必须考察非洲远古气候的变化。

从发掘出来的大量古文物看，

在距今约 1 万年至 4000 年之前，

撒哈拉不是沙漠，而是大草原，

壁画上的动物在出现时间上有先有后，

从最古老的水牛到驼鸟、大象、羚羊、

长颈鹿等草原动物，

说明撒哈拉地区的气候越来越干旱。

据考证，在距今约 3000~4000 年前，
撒哈拉是大片湖泊和草原。
只是到公元前 200 至公元 300 年左右的时候，
气候变异，这里才慢慢变成沙漠的。
可是，这种说法真的可信吗？
恐怕还要有更多的证据证明哦！

68. 世界上有没有完全一样的两个雪片？

知道吗，从地球形成到现在，

大概已经有 10 的 34 次方的雪片落在地球上了，

那可是一个很惊人的数字喔！

那么，在这么多的雪花中，

能不能找到两片完全一样的呢？

科学家们的回答是否定的。

逖娜和她丈夫布鲁姆都是研究云层的物理学家，

他们都在国家大气研究中心工作。

多年的科学研究告诉他们，在地球过去的45亿年历史当中，

从来都没有两个雪片是一样的，

可是，没过多久，他们就碰到了一件奇怪的事。

一天，逊娜和布鲁姆照常飞行在威斯康辛州沃索县的上空，

进行她们的科学研究工作。在雪云中飞行的时候，

她们用悬在飞机底下的一块上了油的玻璃收集雪片，

在这次特别的飞行当中，

她们收集到了两个特别的雪片——

它们看起来竟然完全一样，

这简直是不可思议的！

每个雪片正好长0.009英寸，

每个雪片都有很粗的柱杆，

每个雪片是空心的锥体核心。

要知道，雪片晶体落在地面的路上，

可能会通过的温度与饱和度的不同组合

可达上百万种。

这就会变成10的500万次方的不同数列，

这可以让任何一个雪片

与其他在历史上已经落在地球上的雪片不同。

但是，狄娜和布鲁姆又怎么解释自己找到的雪片呢？

难道，威斯康辛州的天空有什么与众不同的地方吗？

69. 黑竹沟真是中国的"百慕大"吗？

在四川盆地西南的小凉山北坡有一个叫黑竹沟的地方，

常常发生人畜无故失踪的事情，

这可是比百慕大还要神秘的喔！

因为从那里失踪过的人，还从来没有谁能再回来过。

1955 年 6 月，解放军测绘兵某部的两名战士，

运粮路过黑竹沟，结果神秘地失踪了。

事后部队出动两个排搜索寻找，都一无所获。

1977 年 7 月，某森林勘探设计队来到黑竹沟勘测，

结果第二天早晨，技术员老陈和助手小李就神秘地失踪了。

9 年后，川南林业局再次组成调查队进入黑竹沟，

副队长任怀带领的小组一行 7 人，

一直推进到关门石前约两公里处。

这次，他们请来了两名彝族猎手做向导，

先把他俩带来的两只猎犬放进沟去试探。

结果，第一只一纵身就消失在峡谷深处，

再没有一点音讯，

第二只黑毛犬前往寻找伙伴，也没有回来。

两位彝族同胞急了，

大声呼唤他们的爱犬。

突然，遮天盖地的茫茫大雾

不知从什么地方突然涌出，

惊异和恐惧使他们冷汗淋漓，

队员们如同做了一场噩梦。

如今，黑竹沟至今仍笼罩在神

秘之中，

不知道要哪一天，

人们才能真正解开其中的

奥秘呢？

70. 古罗马第一军团真的失踪了吗？

公元前53年，古罗马军队东征安息（今伊朗东北），

在卡尔莱遭到安息军队的围歼，

一度所向无敌的罗马军团几乎全军覆没，

只有第一军团约6000余人拼死突围。

33年后，罗马帝国与安息和解，

双方开始相互遣返战争俘虏。

当罗马帝国要求遣返在卡尔莱战争中

被俘的官兵时，安息国却说根本没有这件事。

罗马人这才惊奇地发现，

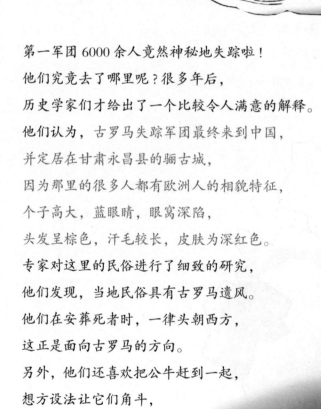

第一军团6000余人竟然神秘地失踪啦！

他们究竟去了哪里呢？很多年后，

历史学家们才给出了一个比较令人满意的解释。

他们认为，古罗马失踪军团最终来到中国，

并定居在甘肃永昌县的骊古城，

因为那里的很多人都有欧洲人的相貌特征，

个子高大，蓝眼睛，眼窝深陷，

头发呈棕色，汗毛较长，皮肤为深红色。

专家对这里的民俗进行了细致的研究，

他们发现，当地民俗具有古罗马遗风。

他们在安葬死者时，一律头朝西方，

这正是面向古罗马的方向。

另外，他们还喜欢把公牛赶到一起，

想方设法让它们角斗，

而这正是古罗马人斗牛的遗风喔！

种种证据都说明专家们的推论是正确的，

也就是说，在公元前53年的卡莱尔战争中，

神秘失踪的古罗马第一军团，

确实是在中国的骊古城定居了下来的。

71. 人类能移居火星吗？

虽然直到今天为止，

人类登上火星的想法还只是个梦想，

但许多人仍然坚信，

问题不是人类能不能登上火星，

而是在什么时候通过什么方式到达那里。

火星协会主席罗伯特·祖布林认为，

只需要300到400亿美元就能够登上火星，

这相当于阿波罗登月计划的花费。

祖布林还出版了一本名为《移民火星》的书，

书中描绘了人类定居火星的宏伟蓝图。

为什么人类对火星始终充满向往呢？

因为就目前的观测情况看，

火星是最有可能成为人类居住的地方的。

虽然火星上的温度是零下200° C，

但在所有太阳系的行星中，

火星的环境是与地球最相像的。

火星的直径大约是地球的一半，

那里还有相当于地球上三分之一的重力，

以及百分之一的大气浓度。

最重要的是，探测器已经发现，

在火星冰冻的极点和地表下面有水存在，

而水正是人类生存所必需的条件喔！

72. 太阳系尽头在哪里？

太阳系尽头在哪里呢？

很多人都在寻找，

可是，到现在还是依然没有答案！

科学家说，太阳会喷出高能量带电粒子，

称为"太阳风"。

太阳风吹刮的范围可大啦！

能一直达到冥王星

轨道的外面，

形成一个巨大的磁气圈，

叫做"日圈"。

日圈外面有星际风在吹，但是，

太阳风会保护太阳系不受星际风侵袭，

并在交界处形成震波面。

日圈的终极境界叫做"日圈顶层"，

这就是太阳所支配的最远端，

也可以把这里看作太阳系的尽头。

虽然人们从理论上找到了太阳系的尽头，

可是，要想测量出结果，

还是需要很长一段时间的喔！

因为从地球到那里

的距离实在是太远啦！

73. 宇宙岛在哪里？

我们知道海洋里面有岛屿，湖泊中也有岛屿，

可是，你听说过宇宙中也有岛屿吗？

1755 年，德国哲学家康德认为，宇宙中有无限多的星系，

这就是宇宙岛说最早的起源。

那时的天文学家通过观测，看到许多雾状的云团，

便猜测可能是由很多恒星构成的，

可是因为离得太远，人们没有办法分辨。

后来，人们借助更大的望远镜

进行更仔细的观测，特别是分光术的应用，

使人们对星云的观测有了极大的进步。

到了 20 世纪，科学界出现了关于宇宙岛的争论，

有的天文学家认为宇宙岛是河外星系，

而另外一些天文学家则表示否定。

后来，哈勃进行了更精确的测量，

证明了河外星系的存在，但关于宇宙岛的争论才告结束。关于宇宙中的宇宙岛从何处漂移过来的问题，目前仍有很多争论。

关于星系起源的争论就更多啦！

但是这些理论都存在很多的问题。

所以，直到现在，

他们谁也没有办法真正的说服对方喔！

106

74. 宇宙到底有多大？

这个问题看起来好像很难回答，

但是如果打个比喻，就容易理解多了。

我们可以把太阳想象成一个西瓜，

那么，大约 2500 亿个西瓜就堆成了银河系，

而无数这样的"西瓜堆"，又放在一个假想中的"空心球"里。

这个"空心球"的半径是 1.5 亿千米，

相当于从地球到太阳的距离，这就是宇宙的大小啦！

从理论上说，在一定的时间内，我们能看见宇宙中最远的星星，

但这并不意味着那颗最远的星星上面写着一行字：

"这是宇宙的尽头，请往回走。"

事实上，宇宙空间是有限无界的。

就好像我们的地球一样，

你在它的表面上无论朝哪个方向走，无论走多远，

你都不可能找到地球的"边界"，

你只是能够回到出发点而已。

爱因斯坦的"广义相对论"

解释的就是这个问题：

宇宙中无数巨大星系的重力作用，

会使整个宇宙空间发生弯曲，

最终卷成一个球形，

光线沿这个球面空间的运动轨迹

也是弯曲的。

也就是说，它们可以回到起点，

但是却永远也达不到宇宙的边界喔！

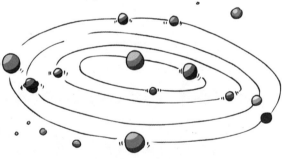

2500 亿！

75. 宇宙是怎么形成的？

宇宙是怎么形成的呢？

到现在为止，科学家们对这个问题也都只是假设，

谁也不敢下结论的喔！

第一种是"宇宙大爆炸"假说。

这一假说认为，大约在 200 亿年以前，

构成我们今天所看到的天体的物质，

都集中在一起，密度极高，

温度高达 100 多亿度，被称为原始火球。

后来，原始火球发生了大爆炸，

组成火球的物质飞散到四面八方，

高温的物质冷却起来，密度也开始降低。

散落在空间的物质便开始了局部的联合，

慢慢就形成了我们现在看到的宇宙。

第二种是"宇宙永恒"假说。

这种假说认为，宇宙中的星体、星体密度，

以及它们的空间运动都处在一种稳定状态。

提出这种假说的科学家认为，这些物质在大尺度范围内，

处于一种力和物质的平衡状态。

就是说，一些星体在某处湮灭了，在另一处一定会有新的星体产生。

宇宙只是在局部发生变化，

在整体范围内则是稳定的。

以上两种假说都有各自的道理，

但是都缺乏概括性，不能算是最合理的解释。

所以，宇宙到底是怎么形成的，

还有继续探讨的必要喔！

76. 香地为什么会发出奇妙的香气？

在我国的湖南省洞口县的一个地方，

有一处散发着香味的土地。

最早发现这块土地的是一个药民，

他采药路经此地时，觉得有一种奇妙的香味扑鼻而来。

这引起了药农的注意，

他反复查找香味的源头，

最后才突然明白，

原来，香味就来自他脚下的土地。

消息传开后，人们纷纷来到这里，

他们发现，这一奇特的香味，

只在方圆50米的范围内，越出这个范围一步，

香味顷刻间就闻不到了。

但来到这里的人们，

谁也说不出这香味究竟属于哪一种香。

人们还发现，这香味有使人

精神舒爽、神志清醒、恢复疲劳的功效。

科学家也带着怀疑的态度来到这里考察，

他们分析判定后认为，

这种香味可能是由这里地下的某一

微量元素引起的，

当这种微量元素放射出来后，

同空气接触就会形成一种带有香味的特殊气体。

可是，这种放射性元素到底是什么呢？

为什么它仅仅存在于这么小的范围之内？

这一点，现在连科学家们也没有办法说清楚啦！

77. 木星为什么有大红斑？

1973 年 12 月 3 日，美国无人勘测器先锋 10 号
来到了离木星 1314 万公里的最近处，
它迅速拍摄了木星外形的彩色照片并发回地球。
人们在照片上发现，
木星表面有一个色泽鲜艳的大桔红色斑。
不过这个大桔红斑可不是固定不变的喔，
自古以来它在不断地移动。
那么，这个桔红斑究竟是什么物质构成的呢？
对此，人们作了种种猜测。
木星周围有一层很厚的大气，
由氧、氦、甲烷、阿摩尼亚等物质构成。
大气层的表面温度低达 −129° C，
但是，从先锋 10 号提供的资料来看，
木星的内部温度很高，从中散发出来的热量，
就是从太阳光中吸收的热量的 2.5 倍呢！
所以有人推测，
桔红斑可能就是木星内部
温度最高的部分呈柱状的旋涡
不断朝外喷射的地方。
喷出之后，柱状旋涡与大气接触，
同大气中的甲烷、阿摩尼亚等物质产生化合作用，
从而形成桔红色的物质团。
当然，这仅仅是一种推测，
还缺乏确切的证据。
看来，这个秘密只有等到人类登上木星，
或者离它更近一些的时候，才有可能解开啦！

113

78. 月球的身世之谜

月亮为什么会在地球的旁边？它又是怎么出现的呢？

关于这个问题的解释，天文学家有三种假说。

第一种是地月兄弟说，即认为月球和地球起源于宇宙形成的同一时期。

如果此假说成立，那么月球和地球的组成元素和年龄都应是相同的。

第二种是地月父子说，该学说认为月球是地球在运行过程中

甩出去的一部分。如果这个学说成立，

那么月球和地球的成分和结构都应是相同的。

第三种是月球被捕获说，这种学说认为月球是一自然天体，

在运行到地球附近时被地球捕获形成天然卫星。

如果该学说成立，那么月球绕地球运行的轨迹，

还有所有天文参数都应符合天体运行的规律。

对科学家们来说，要判断哪一种学说是正确的，

都是非常困难的。如果说，地球与月亮是父子，

那么，按其大小与太阳的距离，月亮现有的核心未免太小了。

如果说，地球和月亮是兄弟，那么，月球就会有薄薄一层大气。

而俘获的说法也存在类似的疑问。

看来，月球的身世还真是
一个难解的谜呢！

79. 土星的光环里有生命吗？

说到宇宙中的生命之环，

人们马上会联想到土星，

因为我们最早就是从它身上看到这种现象的喔！

土星是太阳系第二大行星，

以其壮观的土星环，

和居住在它上面的土星生命而闻名。

我们在地球上用普通望远镜也可以看到土星环。

艳丽清楚的土星环照片，

是美国"航海家"号太空船

从距土星 52.7 万公里处的"土卫五"上拍摄到的。

随着科技的进步，

除了土星之外，

在其他许多星球上也都发现了环的存在，

比如木星、天王星及海王星都有环。

据科学家们推测，

这些环和土星环一样，

都是由小岩石及冰块形成的，

并且还很可能有

比我们智慧更高、

文明更发达的外星人

生活在那上面呢！

80. 在木星的卫星上能找到水吗？

你是不是一直以为整个太阳系中，

惟一拥有丰富液化态水的天体就是地球呢？

现在，这种想法可要改一改喽！

因为根据不久前美国"伽利略"号探测器拍摄的照片，

科学家们认为，在木星的一颗卫星的表面，

可能隐藏着一片维系生命的海洋。

由"伽利略"号探测器拍摄的照片上，

人们发现一些很像地球上板块构造形成的形态。

据此，有些科学家认为，

木卫二的冰壳将一片深达200公里的液态水海洋掩盖在它的下面。

这说明木卫二可能适合某种形态的生命生存。

另外，有两个研究小组提出了更大胆的航天计划：

其一是把一个垒球大小的铜球射进木卫二表层，

然后回收因撞击而崩到空间的冰粒，

再带回地球进行分析；

其二是让一艘探测器降落到木卫二上，

融化出一条穿透冰壳的通道，

用来探测冰壳下面的情况，

如果这两个计划真的被实施，

那么，我们很快就可以知道

木星的秘密啦！

81. 黑洞到底是什么？

我们都知道，太阳是一颗恒星，

恒星可以发光发热。

可是，恒星的核燃料总有一天会耗尽的呀，

那时候会发生什么变化呢？

到那时，它就会坍塌收缩啦！

而且，在巨大恒星的急剧死亡中，

那些大于3倍太阳质量的超新星残核

几乎是永无休止地收缩喔！

于是，恒星的直径越来越小，

到最后，原本巨大的恒星被压成了一个"点"，

我们把这个点称为"奇点"。

在围绕着这个点的某个范围内，引力无限大，

任何东西靠近它都会被它吞掉，

连光线也逃不出它的"魔掌"。

也就是说，

光线再也不能从这个范围内发射出去啦！

没有光线，我们也就看不到它了。

这个能够吞掉一切东西的点，

就是我们所说的黑洞。

黑洞是非常小的，

一个直径还不到2厘米的黑洞，

质量却能有整个地球那么大喔！

82. 秦陵地宫为什么装有自动发射器？

秦始皇陵是一座充满了神奇色彩的地下"王国"，

它里面幽深的地宫更是谜团重重。

到现在为止，地宫的内部结构仍然不完全清楚，

地宫到底是什么样子的呢？

它里面藏了多少珍宝？有没有防盗机关？

秦始皇的尸骨是否完好无损？……

这一系列的悬念时刻困扰着考古学家们，

目前只能根据现有的考古材料

结合有关历史文献作初步的探讨和推测。

最新考古勘探资料显示：地宫总面积41，600平方米。

另外，考古学家们也发现，

秦始皇为了防止盗墓，采取了许多措施。

根据《史记》记载，

秦陵地宫安装着许多可以自动发射的暗弩。

如果记载属实的话，

那么，这些暗弩就是中国历史上

最早的自动防盗器啦！

秦代曾生产过连发三箭的弓弩，

但是安放在地宫的暗弩

应该是一套自动发射的弓弩。

当外界物体碰到弓的时候，

它就会自动发射。

可是，这种自动发射的弓弩，

制作手法是非常复杂的，

那个时候的人究竟是

怎么制造出来的呢？

83. 金星上真的有城市吗？

人们一直都认为，金星上是没有生命存在的，

但是，在比利时举行的一个科学研讨会上，

一个叫尼古拉的前苏联科学家声称，

根据苏联无人宇宙飞船的探测，

金星上存在两万个城市的遗迹。

这可真是一个惊人的发现喔！

尼古拉还描绘了城市的规模：

那些城市散布在金星表面，呈马车轮的形状，

中间的轮轴可能就是繁华的大城市。

有一个庞大的公路网，

把这两万个城市联系在一起，

条条大路直通中央。

尼古拉说，

那些城市都是倒塌状态，

目前没有任何生物迹象存在。

科学家一直认为，

金星的自然环境非常恶劣，

它表面温度高达 500° C以上，

时刻有超过 12 级的狂风吹袭，

还常年下着硫酸雨，

那么，究竟是什么样的

生物建造了那些城市呢？

他们现在还存在吗？

我们在等待科学家们的

进一步探索和发现。

84. 这是巨人休息的地方吗？

在黎巴嫩的某个地方，

有一片用石块砌成的平台，

有些石块侧长超过 20 米，

重约 2000 吨，

梯形地面上有大片古庙宇的废墟。

这么巨大的平台是怎样建造的？

又是谁建造的呢？

难道真像当地人所说的，

只是一个巨人的休息地吗？

到现在为止，

考古学界还不能给出

一个令人信服的解释。

不过，俄国阿格雷斯特教授认为，

梯地中的一部分，

可能是一个巨型降落场的遗迹。

如果这种解释是正确的，

那么，这里很可能就是

外星人的基地喔！

85. 亿万年前加工的岩石是史前文明吗？

在萨克萨赛华曼附近的山坡上，

有一个庞然大物，

整块石头有一栋四层楼房那么大小，

设计加工十分精细，有梯级，有斜坡，

还饰有众多的螺旋纹和洞孔。

谁能想象出这是依靠人的双手和力量加工出来的。

当时的人们怎么会有那么巨大的力量呢？

就在人们还在为此感到奇怪的时候，

在离此不过300米的地方，又发现了岩石琉璃化现象，

那可是一种只有在极高温度下

才会发生的情况喔！

与此类似的情况，

还出现在了戈壁沙漠和古老的伊拉克发掘地，

人们在这两个地方也发现了沙粒琉璃化的现象。

这种现象，只有在原子弹爆炸的时候才出现过。

难道在亿万年前，

就已经有人掌握这种技术了吗？

我们现在依然没有这个
问题的答案。

86. 巴哈马群岛的水下住宅区是谁建造的?

除了鱼以外，还有谁会把住宅建在水下呢?

上个世纪70年代的时候，

一位美国考古学家和一位水下事物专家，

就发现了这样的怪事。

那是在靠近巴哈巴群岛的比米尼，

以及安德罗斯海岸线下的地方，

他们发现了几处水下居民点。

这些位于水下 6 米多深的建筑物，

占地有 100 平方公里，

大都有 70 米和 250 米围墙，

有些墙基达到海底以下约 80 米深处！

那些石头的重量是巨大的，

就连最小的也有大约 25 吨重喔！

迈阿密大学的科学家们认为，

这些建筑物大约是在公元前 7000

到公元前 1000 年这个时期的遗址。

　也就是说，

这些水下建筑物出现的时候，

埃及的金字塔还没有建造，

美索不达米亚的苏美尔人还没有诞生，

它到底是谁建造的呢？

考古学家认为，

这个遗址的发现，

很有可能会让我们发现一个

从未听说过的文明呢！

87. 外星生物是什么样的？

你可能没有见过外星生命，

但你有没有想过他们会是什么样子？

根据研究飞碟问题的专家们推测，

到目前为止，

至少已经有 4 种外星人曾经来过地球啦！

根据收集到的目击者资料，

他们确定了这 4 种外星人的基本外貌。

第一种外星人是矮小的大头模样，

他们平均高度是 1~1.5 米，头大，眼圆，没有瞳孔，

有耳朵及鼻梁，

在鼻梁的部位有两个小洞，

指缝间长蹼而没有拇指。

第二种实际上不能算"外星人"，

他们只是外星人用来做试验的动物。

外貌像猩猩，全身有毛，

手臂特别长，牙齿锐利，

最高达 2 米，体重约 200 公斤。

第三种是类似地球人的外星人。

他们的外形和大小

几乎和地球人类一样，

但也有些和人类有别的特征。

例如曾有目击者见到外星人，

那些外星人有 1.80 米高、80 公斤重，

两腿弯曲而没有手掌，

一只袖管只伸出一条长杆。

最后一种外星人就是机械人喽！

但机械外星人有多种样子，所以很难分辨的。

88. 石头也能制造电场吗？

在英格兰一个叫罗莱特的地方，

耸立着一些奇异的石头。

可不要小看这些石头喔！

它们可是会发电的呢，

科学家曾对这些石头进行过不寻常的研究。

我们知道，经太阳照射后，

石头会产生辐射现象，

这种辐射不同于冷石头的辐射，

它是需要加以精确测定的。

科学家们在这些石头上安装了一些灵敏的测量仪，

这些测量仪和自动记录装置相连接。

根据测量记录，

太阳升起后不久，

辐射量略呈上升趋势，

没过多久，

这些石头之间就形成了一个清楚可测的电场。

究竟是谁建造了这些石头？

为什么它们可以产生电场呢？

人们现在对它还是一无所知，

如果要想了解其中的奥秘，

也许只有期待石头说话啦！

89. 被谁遗弃的外星婴儿？

一个叫波顿·史皮拉的瑞士人类学家宣布，

1988 年 7 月 14 日的时候，

他在巴西原始森林中

发现了一个被遗弃的外星婴儿。

最开始的时候，他以为那个婴儿是个弱智儿童，

或者是个天生残疾的人。

但是，当那个婴儿被喂饱后，

他发现，那其实是一个不同于地球人的健康婴儿。

这名婴儿的年龄在 14 个月至 16 个月之间，

他和人类婴儿有点相似，

但是，他的耳朵呈尖形，

双眼无色，而且鼻子像管子，

史皮拉称这是本世纪的一项重要发现。

他认为那个婴儿是活证据，

可以很好地证明地球以外

存在智慧生命。据说现在，

这个婴儿已被带到阿诺市以南的

一个军事机构接受研究啦！

也许，不久的将来，

外星人之谜可以从他身上

揭开喔！

大奇迹！

90. 谁是复活节岛的主人？

关于复活节岛和它上面的石雕，

可能很多小朋友都听说过，

但是，你知道科学家们是怎么解释的吗？

现在，他们大都认为这是宇宙人的基地。

在复活节岛上生活的土著人

称自己为"提毕托奥提赫纽"，

意思是"世界的肚脐"，

这可真是一个叫人感到奇怪的称呼喔！

但是，如果我们从很高的地方向下看，

你就会发现，还真的很形象呢！

因为，俯视下的太平洋就像

一张平坦光华的肚皮，

而复活节岛就是肚皮中的肚脐。

但这只有在从高空之中俯瞰，

对复活节岛的相对位置

有相当了解的情况下，

才能说出这个比喻，

被囚困在岛上的先民

难道有过这样的经历吗？

复活节岛有这样一首

古老的歌谣：

巨大的脑袋，灰土色的头发，

他们在古老的岩洞里，

在来自另一个世界的人中间，

他们叫什么？他们叫"内鲁"。

于是，人们怀疑"内鲁"是外星人，

他们曾经光临小岛，而石像就是他们的航标。

这些解释看起来很合理，

但是，这种解释是建立在有外星人存在的基础上的，

如果没有外星人，也还是没有办法成立的喔！

91. 万物生长能够靠月亮吗？

我们都知道，几乎世界上所有生命的存在，

都是离不开太阳的，可是，不要因为这样就忽略了月亮喔！

它对万物的生长也很重要呢！

很早以前，人们就发现了月亮与大海潮汐之间的关系。

潮汐主要是由月球的引力影响造成的。

如果没有月亮，地球上的潮汐就会小得多。

潮汐对于许多生命都是很重要的。

低潮时露出、高潮时被淹没的海岸线地区，

提供了一个适宜多种生物群体生活的环境。

各种软体生物、甲壳类生物及海藻，

都是在这种时而湿润、时而干燥的环境里茁壮成长的，

而这些又为许多鸟类提供了食物。

这一巨大的变化加剧了生存的竞争，也推动了新物种的适应和进化。

如果潮汐区更狭窄的话，就像在没有月球存在的时候一样，

地球上存在的有机物的种类就会大量减少。

地球上的生命是从水中开始出现的，

后来才慢慢发展到陆地。

所以，如果没有潮汐区这个良好的过渡桥梁，

有没有今天的人类都是很难说的喔！

92. 沼泽里面也有木乃伊吗？

大家都知道，木乃伊是一种"干尸"，

是在干燥的条件下形成的。

可是，人们在潮湿的沼泽中也发现了木乃伊，

这又怎么解释呢？

1984年，在英国曼彻斯特的林多沼泽里，

科研人员发现了一具"林多男子"尸体。

经检验，他死于大约2000年前，

但死尸肉质犹存，服装、

头发与皮肤完整无缺，

看上去，就好像刚刚去世一样喔！

这些湿漉漉的死尸引起了科研人员和考古学家的广泛关注与兴趣。

科研人员研究发现，

这一切都是因为一种"沼泽化学作用"

的特殊防腐性能。

原来，沼泽里面大多是水和酸性物质，

在这样的条件下，细菌很难生存，

更说不上分解死去的动植物尸体了。

所以，沼泽里的尸体能保持潮湿，

并受到泥沼水化学效应的保护，

避免了被腐化分解的命运。

93. 地球 10 亿年后会不会干涸？

如果有一天地球上的水全部消失，

将会出现什么样的情况？

现在，让科学家们来告诉你吧。

他们估计，地球上的水将会在 10 亿年后完全干涸，

到那个时候，地球上的所有生物都将灭绝。

这看起来好像是一个很可怕的预言喔！

科学研究发现，

海洋与大地板块正在不断下沉，

地表下 100 公里深的岩浆，

因为地心逐渐冷却而降温收缩，

每年把超过 11 亿吨水抽进地壳，

但只有 2.3 亿吨被重新释放出来。

研究还指出，从 7.5 亿年前开始，

大量海水从外围流向地幔，

这也是导致大陆出现的原因。

地球表面的水量自此不断减少，

这样必然会导致生物的灭亡。

但我们也不用太过担心，

因为 10 亿年实在是太漫长了，

漫长得让我们都难以想象；

以人类的高度智慧，

在这么长的时间里，

应该早就找到了解决这个问题的办法了。

说不定到那个时候，我们早就搬到

另一个星球去了呢！

94. 地球还有孪生兄弟吗？

有天文学家认为，在遥远的宇宙边缘，

存在着一些和地球环境相似的行星，

他们把这些行星称为"失落的世界"。

科学家们相信，

这些行星在太阳系刚刚形成的时候，

就被抛弃了，成了宇宙中的"流浪汉"。

虽然这些地球的"孪生兄弟"，

没有像太阳那样的恒星为

它们提供热力，

但它们的表面很可能有厚厚的氢气层。

氢气层中蕴藏着它自身产生的大量的热能，

而且，这些"流浪汉"从太阳系形成过程中所获取的热能，

即使经过几百亿年也不会冷却的喔！

在太阳系形成过程中的那一阶段，

太空中很可能充满了氢。

所以，这些行星就可能被氢包围，

从而使它们能保留大致与地表相同的温度，

甚至使它们那里也有海洋存在。

如果没有阳光，像地球这样的行星内部的放射活动

就会使温度只上升到绝对零度之上一点，

但是厚厚的氢气层却能防止内热逃逸，

从而使"流浪汉"们保持温暖舒适。

不过，因为这些星球获得的能量

只等于地球的 1/5000，

所以，就算有生物存在，

它们也是较为低等的哦！

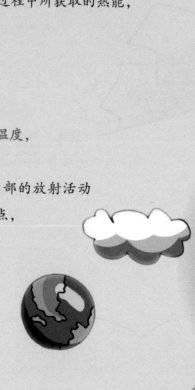

95. 天上的星星都是一种颜色吗？

夜空中不停闪烁的星星都是一种颜色吗？

表面上看来好像是这样，

但是，如果我们借助天文望远镜观察，就会发现，

其实天空中星星的颜色就好像万花筒一样，

也是五颜六色的喔！

那么，恒星为什么有多种多样的色彩呢？

因为物体的颜色是由温度决定的，

温度高的时候是一种颜色，

温度低的时候是另一种颜色，

天上的星星也是如此，

它们的不同颜色代表星体表面不同的温度。

一般说来，蓝色恒星表面温度在 25000°C 以上，

白色恒星表面温度在 11500~7700°C，

黄色恒星表面温度在 6000~5000°C，

红色恒星表面温度在 3600~2600°C，

有人说，太阳的表面温度约 6000°C，

应该是颗黄色的恒星才对呀，

可为什么我们看见的太阳是白色的呢？

其实，这是因为太阳离我们较近的缘故。

如果我们能到离太阳较远的地方观看，

你会发现，它原来也是一颗黄色的星星哟！

96. 地球是个小家伙吗？

小朋友都知道地球的

周长有几万公里，

地球上面还有好多的海洋和大陆，

能够生长那么多的动植物，

地球一定是很大很大的啦！

真的是这样吗？

其实，在我们所能观察到的星体中，

宇宙中最大的应该是恒星。

现在已知质量最大的恒星是 HD93250 星，

它的质量是太阳的 120 倍，

仙王座 VV 星的质量是太阳的 60 倍，

织女星的质量是太阳的 2.4 倍，

牛郎星的质量是太阳的 1.6 倍。

恒星的密度差别是很大的，

它们之间的体积可以相差 1000 万亿倍，

可是质量相差却仅 1000 余倍。

现在再让我们来看看地球吧，

太阳的质量竟然是地球质量的 33 万倍呢！

可见，地球质量和恒星相比，

真是轻得可怜，

最多也只能算是一个小家伙喽！

97. 宇宙有中心吗?

在我们所知道的世界里,

任何东西都是可以找到中心的,

地核是地球的中心, 太阳是太阳系的中心,

那么, 宇宙也有类似的中心吗?

实际上, 宇宙中是没有这样一个地方的喔!

因为宇宙的膨胀一般不发生在三维空间内，

而是发生在四维空间里。

它不仅包括三维空间（长度、宽度和高度），

还包括第四维空间——时间。

描述四维空间的膨胀是非常困难的，

现在让我们用气球的膨胀来解释一下吧。

假设宇宙是一个正在膨胀的气球，

而星系是气球表面上的点，

我们就住在这些点上。

假设星系不会离开气球的表面，

只能沿着表面移动，

而不能进入气球内部或向外运动。

如果宇宙不断膨胀，

则表面上的每个点彼此离得越来越远。

那么，从某一点上将会看到，

其他所有的点都在退行，

而且离得越远的点退行速度越快。

现在，如果我们要寻找那个点最初所在的地方，

就会发现，

那个地方已经不在气球表面上的二维空间里啦！

气球的膨胀是从三维空间开始的，而我们是在二维空间上，

所以我们无法探测到三维空间内的事物。

同样的，宇宙的膨胀是在四维空间发生的，

我们也无法观察到，

我们只知道宇宙膨胀是在过去的某个时间，

可以获得有关的信息，

却是没办法找到的哦！

98. 什么是超新星？

如果你是一个天文爱好者，

并且经常观看星空，

那么，你可能会见到这样的情况，

有时会突然发现一颗原来没有的亮恒星，

可是，几个月后，又突然不见了。

这个时候可不要以为你发现了一颗新"恒星"喔！

因为原来这里就有一颗比较暗的恒星，

只是由于内部突然爆炸，

光度增大到原来的上万倍，

原来看不到，现在就看到了。

如果这个新星的亮度超过原来的100万倍以上，

这样的恒星就是超新星啦！

超新星的爆发异常猛烈，

它以每秒几千甚至几万公里的速度向外抛射能量，

是目前已知天体上最激烈的天体活动。

关于超新星，人们已经发现了很多，

但对其爆炸的原因，

到现在还没有一个确切的结论，

目前一种较为合理的观点认为：

这是恒星内层向中心"坍缩"时

极其迅速地释放出来的引力势能引起的。

99. 中国人是外星人的后代吗？

这个世界上有神仙吗？

古代人可是大都对此深信不疑的喔！

他们认为，在人类居住的地球之外，

还有很多其他的生命，那不是一般的居民，

他们把这些地球之外的生命称为神灵，

并给这些神灵编了许多神话故事。

古时候的人们还认为，

天上的神灵们常来拜访地上人间，

并时常关怀着人类，

给予热情的帮助。

是神灵们主宰着人类

的命运，

他们甚至认为自己祖先的生命，

也是神灵所赐予的呢！

传说中的三皇五帝，

他们的身世都与神灵有关。

传说伏羲为雷神之子，

神农为神龙之子，

黄帝为雷电或星光之子……

总之，他们每个人都有着不平凡的身世，

头上罩着一圈神圣的光环。

那么，他们是不是外星人，

或者外星人的后代呢？

也许有一天，

科学能给我们揭开这个谜底！

100.20亿年前就已有核反应堆了吗？

很多人都知道，原子能是一门很深奥的科学，

人类学会使用它才不过几十年的的时间，

可是现在，却有人在非洲发现了一个

20亿年前的核反应堆，

这怎么能不让人吃惊呢！

事情的起因是有一家法国工厂，

使用从非洲加蓬共和国进口的奥克洛铀矿石，

他们惊讶地发现，

这批进口铀矿石已被人利用过。

铀矿石的一般含铀量为0.72%，

而奥克洛铀矿石的含铀量却不足0.3%。

这一奇怪的现象引起了科学家们的注意。

他们纷纷来到加蓬奥克洛铀矿考察，

发现了一个不可思议的史前遗迹——古老的核反应堆，

这个反应堆保存完整，结构合理，

运转时间竟然长达50万年。

据考证，奥克洛铀矿大约是在20亿年前形成的，

形成后不久就有了这一核反应堆。

可是，人类的祖先却在几十万年前才学会使用火。

那么，是谁留下了这个古老的核反应堆？

他是外星人的作品呢？

还是上一代地球文明的遗迹呢？